光文社文庫

文庫書下ろし／長編時代小説

七人の刺客

隠密船頭（二）

稲葉　稔

光　文　社

この作品は光文社文庫のために書下ろされました。

『七人の刺客』目次

大雲寺
小石川
白山
伝通院
神明宮
小石川御門
中山道
水戸徳川家
駒込
春日町
水道橋
千駄木御林
駒込追分
加賀前田家
道灌山
本郷
日暮里
霊雲寺
湯島天神
池之端仲町
不忍池
神田大明神
弁天
御数寄屋町
明神下
根岸
谷中
外神田
下谷広小路
東叡山寛永寺
下谷金杉町
御徒町
下谷山崎町
向柳原
三味線堀
広徳寺
下谷竜泉寺町
幡随院
甚内橋
元鳥越町
千住大橋
阿部川町
新吉原
新堀川
御蔵前片町
日本堤
新旅籠町
東本願寺
御蔵前通り
御蔵前
小塚原
浅草寺
首尾の松
御米蔵
浅草広小路
田原町
山谷町
諏訪町
茶屋町
材木町
並木町
新鳥越町
駒形町
雷門
新鳥越橋
御厩河岸之渡し
最勝寺
浅草
花川戸町
日光道中
山谷堀
揚場
東漸寺
駒形堂
吾妻橋
竹町之渡し
今戸橋
今戸町
白鬚之渡し
枕橋
瓦町
中之郷
竹屋之渡し
源森川
三囲稲荷
長命寺
向島墨堤
木母寺
隅田村
北割下水
八軒町
中之郷
小梅村
須崎村
寺島村
業平橋
小梅村
天神橋
押上村
亀戸天神

麹町
番町
千鳥ヶ淵
半蔵御門
田安御門
虎之御門
西之御丸
新シ橋
外桜田御門
雉子橋御門
和田倉御門
江戸城
一橋御門
南町奉行所
幸橋
土橋
北町奉行所
汐留橋
数寄屋橋御門
呉服橋御門
常盤橋御門
神田橋御門
竜閑橋
昌平橋
鍛冶町
京橋
数寄屋町
西本願寺
三十三間堀
日本橋
魚河岸
内神田
和泉橋
佐久間河岸
神田相生町
真福寺橋
弾正橋
楓川
海賊橋
荒布橋
中之橋
大伝馬町
小伝馬町
亀井町
神田川
八丁堀組屋敷
江戸橋
堀江町
通油町
柳原土手
神田佐久間町
中之橋
亀島橋
南茅場町
日本橋川
小網町
富沢町
馬喰町
八丁堀
霊岸橋
浅草橋
稲荷橋
一ノ橋
行徳河岸
両国広小路
新川
北新堀町
箱崎町
崩橋
浜町堀
霊岸島
二ノ橋
箱崎川
佃島
永久橋
薬研堀
柳橋
両国橋
石川島
永代橋
下之橋
大川端
大川
尾上町
熊井町
今川町
万年橋
新大橋
一ツ目之橋
元町
横網町
佐賀町
上之橋
回向院
千鳥橋
相生町
松井町
御竹蔵
大島町
黒江町
油堀
材木町
万年町
大工町
海辺
六間堀町
六間堀
亀沢町
越中島
亥ノ口橋
富岡橋
海辺橋
高橋
猿子橋
中ノ橋
弥勒寺橋
山城橋
松井橋
二ツ目之橋
深川
小名木川
蓬莱橋
冬木町
仙台堀
深川元町
五間堀
本所
南割下水
富岡八幡宮
霊巌寺
竪川
亀久橋
雲光院
芝翫河岸
吉岡橋
吉永町
三ツ目之橋
洲崎
木場
北辻橋
入江町
長崎町
大横川
扇橋
猿江橋
南辻橋
新辻橋
亀戸村
長崎橋
西
北
東
南
四ツ目之橋
猿江町
御材木蔵
横十間川
0
1km

『七人の刺客　隠密船頭（二）』おもな登場人物

沢村伝次郎…………南町奉行所の元定町廻り同心。一時、同心をやめ、生計のために船頭となっていたが、奉行の筒井和泉守政憲に呼ばれ、奉行の「隠密」として命を受けている。

筒井和泉守政憲……南町奉行。名奉行と呼ばれる。船頭となっていた伝次郎に声をかけ、「隠密」として探索などを命じている。

千草…………………伝次郎の妻。一時は小料理屋を営んでいたが、伝次郎の奉行所復帰を機に、新造として川口町の屋敷へ移る。

粂吉…………………伝次郎が手先に使っている小者。元は先輩同心・酒井彦九郎の小者で、いまは息子の寛一郎についているが、寛一郎が内役なので、伝次郎に助をしている。

松田久蔵……………南町奉行所の定町廻り同心。

八兵衛………………松田久蔵の小者。

政五郎………………高橋のそばにある「川政」という船宿のあるじ。

石川日向守総紀……伊勢亀山藩石川家当主。

七人の刺客　隠密船頭（二）

第一章　再会

一

粉雪が舞っている。

江戸の町は深い闇に閉ざされていた。

ただ、浅草寿松院《あさくさじゆしようういん》門前にある数軒の居酒屋のあかりだけが、夜道をあわく浮きあがらせている。

寒い。

沢村伝次郎《さわむらでんじろう》は猪牙舟《ちよきぶね》のなかで、ぶるっと肩をふるわせた。舟は新堀川《しんぼりがわ》の岸につけてあり、伝次郎は菰《こも》を被《かぶ》っていた。

寒さに耐えながら一軒の店を見張りつづけている。

目あての男が「三国屋《みくに》」という居酒屋に入っているのはわかっている。間口二間《けん》ほどの店だ。舟を下りてその店まで四間もないだろう。

狙う相手は園田源吉《そのだげんきち》。

浅草の両替商「備後屋《びんご》」を襲い、主《あるじ》以下奉公人を含め都合六人を殺して逃げている男だった。それは三年前のことで、園田源吉は町奉行所の探索の網の目をかいくぐって行方をくらましていた。その調べにあたったのは北町奉行所だったが、追跡しきれず永尋《ながたず》ねになっていた男である。

下手人捜しは、事件発覚から三十日を一区切りとして探索を行うのが基本だが、六区切り目、つまり百八十日を経過しても行方をつかむことができなければ、無期限の探索となる。これを「永尋ね」と呼んだ。

しかし、現実は探索打ち切りと同じで、よほどでないかぎり再び探索が行われることはない。つまり百八十日をかぎりに時効と考えてもよかった。

園田源吉が江戸にあらわれたという種《たね》（情報）をもたらしたのは、源吉の遠縁にあたる川上宗之助《かわかみむねのすけ》という無役の御家人《ごけにん》だった。

そして、伝次郎に源吉捕縛を命じたのは、南町奉行の筒井和泉守政憲《つついいずみのかみまさのり》である。

町奉行所の小者《こもの》が知らせに来たのは十日ほど前のことだった。

「お奉行様が役宅まで、おいでいただきたいとのことでございます」

これは何かあったなと思い、伝次郎は急ぎ支度を調《ととの》えると、南町奉行所を訪ねた。奉行の役宅は、奉行所の建物後方にあり、正面玄関ではなく裏にある内玄関から入る。

「沢村伝次郎だ。お奉行よりお呼び出しを受けてまいった」

玄関番に告げると、即、奥の座敷に通された。

待つほどもなく筒井があらわれて、伝次郎の前に座った。

「他でもない」

筒井は前置き抜きに本題に入った。

「三年前、浅草の両替商・備後屋を襲い主以下六人を殺し、金二百五十両あまりを盗んで逃げた浪人がいる。園田源吉という男だが、探索にあたった北御番所は取り逃がしてしまい永尋ねになっていた。ところが、その園田源吉が江戸に姿を見せたという目安《めやす》（訴え）があった」

伝次郎は静かに座し、筒井の話に耳を傾ける。筒井の顔は、行灯《あんどん》と燭台《しょくだい》のあかりを受けていた。齢《よわい》六十ほどだが、目の輝きも肌つやも血色もよい。ただし、年相応のしわと皮膚のたるみは隠しようがない。

下情《かじょう》に通じた温厚な人柄は、配下の与力《よりき》・同心の敬慕《けいぼ》するところである。

筒井はつづけた。

「目安を入れたのは園田源吉の遠縁にあたる川上宗之助という男だ。住まいがこれだ」

伝次郎は一枚の紙片を受け取った。

それには川上宗之助の住所が流麗《りゅうれい》な字で書かれていた。

「して、目安糺《ただし》は……」

「終わっておる。目安に間違いはない」

目安糺は、訴えが本物であるかどうかを吟味《ぎんみ》方与力が行う。ときに町奉行所へのいたずらや嫌がらせがあるからである。

「して、園田源吉の身内はいかようになっているのでございましょう？」

被疑者が永尋ねになった場合、親族以下の者は過料《かりよう》や急度叱《きつとしか》り、あるいは手鎖《てぐさり》に処せられる。

「園田源吉に親はおらぬ。早くに死んでいるようだ。妻帯もしておらぬし、兄弟もおらぬばかりか、親類縁者から早くに縁切りをされている。さほどに行状《ぎようじよう》がよくなかったのだろう」

「では、早速にも」

「捕縛にあたり相手が手向かうなら斬り捨ててもかまわぬが、生け捕りが望ましい」

「承知いたしました」

「そちが頼みだ」

筒井は口の端にやわらかな笑みを浮かべて、伝次郎を見た。

伝次郎は見張りをつづけながら、筒井とのやり取りを反芻《はんすう》していたが、寒さに身をふるわせて両手をこすった。被っている菰を少しあげて暗い空を見る。粉雪はちらちらと、蝶のように舞いながら降りつづけている。

町奉行所を去り、船頭で身を立てていた伝次郎が、筒井の呼び出しを受けて、いまの役を務めるようになってまだ日は浅い。

隠密ばたらきではあるが、これは正式なものではなかった。しかし、内与力《うちよりき》並みの扱いであるから異例といわざるを得ない。

「南御番所の右腕となってはたらいてもらいたい」

と、筒井に言わしめたのは、伝次郎の元先輩同心である松田久蔵《まつだきゅうぞう》と中村直吉郎《なかむらなおきちろう》の嘆願があったからだった。そして、直吉郎の嘆願は遺書にもしたためられていた。

このことが筒井の心を動かしたと言っても過言ではなかった。

さらに、町奉行からの直々《じきじき》の頼みを断ることもできなかった。

「それにしても……」

伝次郎は身をふるわせながら三国屋の腰高障子《こしだかしょうじ》を見る。店のなかのあかりで客の影が映っている。

包み込んだ両手を口の前に持ってきて息を吹きかけた。掌《てのひら》にぬくもりを感じるのは一瞬だ。こんなことなら、

(手焙《あぶ》りを出すか……)

と、舟のなかの隠し戸棚に目をやる。

そのとき、河岸道に足音がした。伝次郎は注意の目をそっちに向ける。提灯《ちょうちん》もつけずにひとりの男が近づいてきた。

「旦那……」

声をかけてきたのは手先に使っている粂吉《くめきち》だった。

「熱いのを持ってきやした」

粂吉は小声で言って舟に乗り込んできた。

「ありがたいが、見張りはいかがした」

伝次郎は粂吉から竹筒を受け取りながらも、少し咎《とが》め口調で言った。

「園田源吉は気づいちゃいません。それに店の裏から逃げるとも思えません。もっとも、見張りにはすぐ戻りますが……」

「ならば、いますぐ戻るのだ」

「へえ」

伝次郎は竹筒に口をつけた。熱い甘酒だった。

「うまい」

思わずうなってしまった。体の芯から温《ぬく》もってきそうだ。粂吉がどこで調達してきたのかわからないが、ありがたかった。

「それじゃ旦那、あっしは戻ります」

「うむ、今夜は取り押さえる。油断はならぬぞ」

「承知です」

粂吉はそのまま河岸道に上がり、闇のなかに消えていった。

そのときだった。三国屋の戸が開いた。

伝次郎は息を詰めて三国屋を注視した。

二

「それじゃ女将《おかみ》、またな」

表に出てきた男は、店のなかにひと声かけると、ぶるっと肩をゆすり、鼻歌交じりで北のほうへ向かい、すぐの角を左に曲がって見えなくなった。

職人ふうの男で園田源吉ではなかった。伝次郎は緊張をときながらも、軽く舌打ちした。店に入って連れ出してもよいが、これまでの調べで園田源吉がおとなしく従うとはとても思えなかった。

下手に立ちまわれば、店に迷惑をかけることになるだろうし、場合によっては源吉は客や店の者を人質に取るかもしれない。そうなれば面倒である。

やはり、表に出てきたところを捕縛すべきだろう。伝次郎は再び寒さと闘いながら見張りを再開した。

風が出てきて舞い散る粉雪をかき乱した。風はときどき強く吹き、ごうっと音を立てて空をわたる。

(くそっ……)

寒さに負けまいと内心でつぶやく。

南町奉行所に目安を入れたのは、園田源吉の遠縁・川上宗之助だった。宗之助に会ったのは、筒井に呼び出された翌日のことだ。

「あの男は何をしでかすかわかりませぬ。ひょっとすると、源吉は親を殺しているかもしれぬのです。そう言う縁者はひとり二人ではありませぬから、悪い噂だとしても恐ろしいことです」

伝次郎が訪ねていったとき、宗之助は開口一番にそう言ったのだった。

「それにしてもなぜ、目安などを。かりにも遠縁であろう」

「遠縁といっても、血のつながりなどほとんどないのです。それにあの男の悪さは子供の時分から目に余っておりました。拙者《せっしゃ》は近寄らぬようにしておりましたが、親戚中から鼻つまみ者扱いされていても、厚顔《こうがん》にも無心《むしん》に来るのです。意に沿わないとなれば、乱暴狼藉《ろうぜき》をはたらき、箪笥《たんす》のなかの着物を持ち去ったり、なけなしの金を奪っていったりと、そんなことをあげたら切りがありません」

「しかし、よく源吉というのがわかったな」

「髷《まげ》の形を変え、襟巻きで顔の半分を隠していましたが、拙者の目は誤魔化《ごまか》されません。見かけたときには心《しん》の臓《ぞう》が騒ぎ、鳥肌が立ちましたが、源吉は気づかずに去りましてほっと胸をなで下ろしたものです」

「それでいま、どこで何をしているかわかるか」

宗之助はわからないと首を横に振った。

「源吉のことを知っているのは、いまのところお手前だけだ。助《すけ》をしてもらえぬか。

居所だけでも探ってもらいたい」

伝次郎はそう言ったあとで、酒手《さかて》だと言って宗之助に一分銀《ぶぎん》四枚（一両）をわたした。

宗之助は仕官《しかん》の口を探している貧乏御家人《ごけにん》で裏店《うらだな》住まいだった。傘張りや楊枝《ようじ》削りの内職をしているらしく、狭い家のなかには、そんな道具や材料がぞんざいに置かれていた。

酒手を手にした途端、宗之助の顔に喜色《きしょく》が浮かんだ。

「ならば居所を探ってみましょう。あの男がそばにいるだけで気味悪うございますし、江戸の町にどんな災難が起こるか知れたものではありません。何しろとんだ疫《やく》病神《びょうがみ》ですからね」

「ではよしなに頼む」

「それにしても沢村様、お気をつけください。あやつは無双《むそう》の手練《てだ》れです」

宗之助はかたい表情でそう付け加えた。

「うむ、心しておく」

宗之助から連絡があったのは、それから三日後のことだった。伝次郎は粂吉を供につけて、園田源吉の探索に乗り出した。

住まいを割り出すのに丸一日かかったが、源吉の姿はなかった。さらに一日かけて源吉の行方を捜したが、わからなかった。

伝次郎は腰を据えて、源吉が借りた長屋を見張りつづけたが、今日の午後、粂吉が居場所を探りあててきた。

それは、元鳥越町《もととりごえちょう》にある「碩心館《せきしんかん》」という町道場だった。粂吉の調べでは碩心館の食客《しょっかく》になっているということだった。

それを聞いたとき、伝次郎は道場破りをして、そのまま居座っているのかもしれないと思った。とにかく道場を見張ることにしたのだが、源吉の姿が見えない。

夕刻になって門弟に聞いてみると、七つ（午後四時）頃、道場主の住まう母屋《おもや》へ行き、そのまま帰ったというのがわかった。

伝次郎と粂吉は源吉の長屋に急いだが、やはり留守のままだった。とりあえず伝次郎が長屋の見張りをすることにして、粂吉が聞き込みにまわった。

そしてようやく居場所がわかったのが、一刻《いっとき》（二時間）ほど前のことだ。

伝次郎は三国屋に目を凝《こ》らしつづける。河岸道を行き交う人の姿は極端に少ない。粉雪の舞う寒い夜のせいもあるだろうが、すでに夜は更《ふ》けている。

町木戸の閉まる四つ（午後十時）まで間もないはずだ。

（酒に酔っておれば、召し捕るのは造作《ぞうさ》もないだろう）

伝次郎はそう考えたが、油断はならない。川上宗之助は、源吉のことを無双の手練れだと言ったし、町道場の食客にもなっている。相手を軽んじたばかりに怪我をすることもある。

河岸道をひときわ強い風が吹き抜けたあとだった。三国屋の戸がまた開いた。そして表に出てきたのは、二本差しの侍だった。浪人風体《ふうてい》だ。軒行灯のあかりに、その男の顔が浮かんだ。

（やつだ）

伝次郎は被っていた菰をゆっくり剝《は》ぐと、歩き去る源吉に気づかれないように河岸道に上がった。

園田源吉は河岸道を南へ辿《たど》った。自分の住む福富町《ふくとみちょう》一丁目のほうだ。そのまま自宅長屋に帰るのだろう。

しかし、ずいぶん長い間居酒屋にいたというのに、酔っているふうではない。足取りはしっかりしている。

(酒に強いのか……)

伝次郎は源吉の広い背中を見て思う。

少し先に新堀川に架かる一之橋《いちのはし》がある。土地の者は幽霊橋《ゆうれいばし》と呼んだりする。源吉が自宅長屋に帰るのであれば、その橋をわたらず右へ折れるはずだ。

やはりそうだった。伝次郎は足を速めた。すぐに声をかけなかったのは、冷えた体を温めるのと、体の動きを取り戻すためだった。

「しばらく」

伝次郎が声をかけたのは、源吉が道を右に折れてすぐのところだった。

立ち止まった源吉がゆっくり振り返った。

「園田源吉だな」

三

「何やつ」

源吉はゆっくり振り返り、提灯を掲げた。

「南御番所《ごばんしょ》の者だ」

応じるなり、源吉の眉がぴくりと動き、同時に殺気を漂わせた。

「何用だ」

「答えるまでもなかろう。おとなしくついてきてくれるか」

源吉はむんと口を引き結び、目に力を入れた。空いている手が刀に伸びる。

「刃向かうなら容赦はせぬ」

伝次郎が静かに告げると、源吉は小さく足を開いた。ぐっと刀の柄《つか》を押さえ込み、鋭い眼光を向けてくる。

粉雪が二人の間を流れるように飛んでいる。

「きさまに逃げる道はない。観念することだ」

伝次郎は足を進めた。とたん、源吉が提灯を投げてきた。

背後から粂吉の声。

「旦那！」

「粂吉、手出し無用だ」

伝次郎は言ってから刀の柄に手を添えた。

源吉の投げた提灯が近くでぼっと音を立てて燃えはじめた。そのおかげであたりに仄《ほの》あかりが広がる。

源吉はさっと抜刀すると、右八相《はっそう》からそのまま中段に刀を下ろした。両者の間合いは三間《けん》（約五・五メートル）。伝次郎は間合いを詰めながら、源吉の動きを見る。

腰の据《す》わり、足のさばきに隙《すき》がない。

――お気をつけください。あやつは無双の手練れです。

源吉の遠縁、川上宗之助の言った言葉が、いまわかった。

伝次郎が間合い一間半（約二・七メートル）まで詰めたとき、源吉が動いた。電《でん》光石火《こうせつか》の突きを送り込んできたのだ。

伝次郎は抜きざまの一刀でその一撃を撥《は》ね上げると、胴を抜くように刀を水平に振った。しかし、それは空《くう》を切っていた。

源吉は体勢を崩しながら、右に飛んでかわしたばかりでなく、そのまま右足を踏み込んで斬り上げてきた。伝次郎は体をひねりながら紙一重でかわしたが、源吉の刀の切っ先が肩をかすめていた。

二人はほぼ同時に下がった。間合い二間（約三・六メートル）。すぐにじりじりと詰める。

伝次郎が足先で地面を嚙むように動かせば、源吉は頭の位置が変わらない摺《す》り足を使って間合いを詰めてくる。

源吉は右脇につけていた刀を、右手一本でゆっくり背後にまわした。

伝次郎は眉宇《びう》をひそめた。源吉の刀が見えなくなったのだ。半身になっているその体の正面はがら空きである。誘いの構えだろうが、伝次郎は引っかかりはしない。しかし、その裏をかく必要もある。

伝次郎は思いを決めると、左足を前へ送ると同時に刀を上段に移し、そのまま撃ち込んでいった。源吉の背後にまわしていた刀が、地を払うように下から伸びてくる。

きーん！

鋼《はがね》同士のぶつかり合う音が耳朶《じだ》をたたいた。同時に源吉の刀が地面に落ちる。

伝次郎は源吉の動きを先読みし、撃ち込みを浅くして伸びてくる刀を上からたたき落としたのだ。

源吉ははっと驚き、目をみはった。その首筋に伝次郎の刀がぴたりとつけられている。

「斬れッ」

短く吐き捨てた源吉は悔しそうに口をゆがめていた。

「きさまは裁きを受けなければならぬ」

伝次郎はそう言うなり、素速く刀を動かし柄頭《つかがしら》で源吉の後頭部をたたいた。

「粂吉、縄を……」

近くで見ていた粂吉が駆け寄ってきて、うつぶせに倒れている源吉の両腕を背後にまわし、手際よく縛りあげた。

伝次郎は刀を鞘《さや》に納めると、気を失っている源吉の半身を起こし背中のツボに活《かつ》を入れて目覚めさせた。

気を取り戻した源吉は一瞬呆《ほう》けた顔をしたが、すぐに悔しそうに唇を噛んだ。

「立て」

伝次郎は源吉の左腕をつかんで立たせた。

「きさまの悪運もこれまでだ。歩け」

師走《しわす》の空は青く澄みわたり、冬の日射しがまぶしかった。

伝次郎と粂吉は、南茅場《みなみかやば》町《ちよう》にある大番屋の前に置かれた床几《しようぎ》に腰を下ろしたところだった。たったいま、牢屋同心によって園田源吉の身柄は牢屋敷に送られたばかりだった。

「これで一件落着ですね」

粂吉がほっとした顔で言う。

「うむ」

応じる伝次郎は寝不足である。昨夜、源吉を大番屋まで連れてくると、そのまま口書《くちがき》を取って、早朝に南町奉行所に届けた。源吉の拘留は即決だった。

「それにしても、お奉行はなぜあの野郎のことを北御番所から預けられたんです？

野郎のことは北で調べていたんじゃありませんか」

条吉がこれといって特徴のない凡庸《ぼんよう》な顔を向けてくる。

「それは、目安が南に入れられたからだろう。無論、お奉行は北と話し合われたはずだ。そのまま北に預けてもよいとお考えだったのだろうが、永尋ねになっている一件とはいえ、北は北で忙しい。無論、南だって忙しい。だが、北町奉行がまかせるとおっしゃれば、受けるしかない」

伝次郎は片頬をぞろっとなでて、立ち上がった。

「でも、旦那が請《う》け負《お》われたことで、生け捕りにできたのです。お奉行もさぞやお喜びだと思いますが……」

条吉が立ち上がって頬《ほお》をゆるめて言う。

「斬り捨ててもよかったが、それではあやつに殺された者たちが浮かばれまい。さ、条吉、帰ろう。今日はゆっくり体を休めることだ」

「旦那も」

伝次郎はそのまま、茅場河岸に舫《もや》っている自分の猪牙舟に戻った。

昨夜、捕縛した園田源吉を乗せてここまで運んできたのだった。舟に乗り込んだ伝次郎は、襷《たすき》を掛けると、舫いをほどいて棹《さお》をつかんだ。とんと、岸壁を突くと舟はすうっと日本橋川の流れに乗った。

川は日の光にきらめき、その照り返しが小網町《こあみちょう》河岸に立ち並ぶ蔵の白壁にあたっていた。ひらた舟《ぶね》や材木舟とすれ違う。

すでに四つ（午前十時）近いので、漁師舟の姿はなかった。早朝であれば、日本橋の魚河岸に向かう漁師たちの舟がひっきりなしに行き交《か》ってごった返す。

しかし、いまは静かだ。ひと仕事終えた伝次郎の心も平静になっていた。

棹を使って舟を操りながら、霊岸橋《れいがんばし》をくぐり抜ける。霊岸島と八丁堀《はっちょうぼり》をつなぐ橋である。橋の上を大きな荷を積んだ大八車が通っていた。

橋をくぐるとそこは亀島川《かめじまがわ》で流れが緩やかになる。しかし、河岸地や河岸道にはいつもと違った慌《あわ》ただしさが感じられた。

荷舟から積み荷を下ろす人足たちが、かけ声をかけながらはたらいている。先を急ぐように出て行く荷舟もある。河岸道には大きな風呂敷包みを背負って歩く行商人がいれば、使いに出されたらしい商家の小僧が駆けている。

商家の前で呼び込みの声をあげる奉公人たちの声も聞こえてくる。

慌ただしいのは師走だからだ。

伝次郎は亀島橋のそばに猪牙舟をつけると、雁木《がんぎ》に舫ってそのまま陸《おか》に上がった。

自宅はそこからすぐの川口町《かわぐちちょう》にあった。

五十坪ほどの小さな屋敷だが、深川《ふかがわ》で長屋暮らしをしていたことを考えれば何の不足もない。木戸門を入ると、千草《ちぐさ》が庭で洗濯物を干していた。

「いま帰った」

「お帰りなさいませ」

応じた千草が安堵《あんど》の笑みを向けてきた。

四

「お役目、大変でございますね。さ、どうぞ」

伝次郎がひと眠りして茶の間に行くと、千草が茶を出してくれ、言葉をつぐ。

「よく寝られまして……」

「うむ。よく寝た」

伝次郎は茶に口をつけた。

「考えていることがある」

「なんでしょう」

千草が小首をかしげて見てくる。その頬は障子越しのやわらかな日の光を受けていた。三十の坂はとうに越えているが、容色《ようしょく》の衰えを感じさせない。

「ひとつは小者を雇おうかということだ」

「粂吉さんがいらっしゃるではありませんか」

「そうなのだが、向後《こうご》のことを考えるとひとりでは足りぬかもしれぬ。此度《こたび》の調べで、そのことを思ったのだ。だが、そうなると費《つい》えが増えることになる」

「………」

「おまえに窮屈な思いをさせることになるやもしれぬ」

「生計《たつき》のことを心配されているのですか。あなたらしくもない。遠慮などいりませんよ。貧乏暮らしは慣れています。それに、不自由をするとは思ってもおりません」

「そう言ってくれると気が楽になる」

伝次郎は安堵して、また茶に口をつけた。

「では、お考えになっている方がいらっしゃるのですね」

「まだだ。急ぐことではないし、手先に使うとしても、その者を見極めなければならぬ。安易に雇って粗相《そそう》ばかりされては困るからな」

「わたしは一向にかまいません。お任せいたします。それで、他にも何かあるのでございますね」

千草は目の前の火鉢に炭を足して言う。

「退屈をしておらぬか？」

伝次郎は瓜実顔《うりざね》の千草をまっすぐ見る。

「わたしが退屈を……」

千草はそう言うなり、口に手をあてて小さく笑った。

「とんでもありません。ちっとも退屈などしておりませんよ。あなたがしっかりお役目を務められるように、毎日忙しくしているのですから……。それともまた、わたしに店でも持たせるとおっしゃるのですか……」

「そういうわけではない」

「ほんとうです。あなたのお世話をするのが楽しいのです」
千草は言葉を足してにっこり微笑《ほほえ》むと、そのまま台所に去った。
見送った伝次郎は、
（これは気をまわしすぎたか……）
と、内心でつぶやいた。
千草は長い間、商売をやっていた。家もさほど広くないし、二人暮らしである。
それ故に暇を持て余していると思っていたのだ。
（ならばよいか）
伝次郎はひとり納得する。
「そうそう、さっきのことですけど……」
台所に立っていた千草が振り返った。
「小者をお捜しなら、政五郎《まさごろう》さんに相談なさったらいかがです。それにあの方には
まだ挨拶をしていません」
伝次郎は言われてはっとなった。そうであった。
深川にいるとき、政五郎には散々世話になった。町奉行に呼び出されてから、何

かと慌ただしかったので挨拶《あいさつ》を怠《おこた》っていた。もちろん忘れたわけではなく、ときどき会いに行かなければならないと思っていたのだ。

（そうか、政五郎さんか……）

伝次郎は表を見た。まだ日は高い。

「千草、そうだった。あの人に挨拶をしに行かなければならぬ。今日は何も用はないので、これから行ってみるか」

「わたしもいっしょに」

「それがよかろう」

「では支度をいたしますので、少しお待ちください」

千草が着替えにかかると、伝次郎も着替えることにした。

これから政五郎に会うと思うだけで、伝次郎の心が浮き立つ。何年も会っていない幼なじみに会う心境であった。だが、政五郎と最後に会ったのは二月ほど前だ。それなのにもう何年も会っていないような気がする。

それだけ、政五郎とは馬が合っていた。政五郎は高橋《たかばし》のそばにある「川政《かわまさ》」という船宿の主だった。

伝次郎が船頭で身を立てるときから面倒を見てくれた男で、その恩義はいまでも忘れていない。深川に住んでいるとき、肚《はら》を割って話せるのも政五郎だった。俠《おとこ》気《ぎ》のある骨太の人間だ。

着替えをした千草はついでに薄く化粧をし、唇に紅をさした。それだけなのに若やいで見える。丸髷《まるまげ》に簪《かんざし》を挿《さ》し、薄紫の紬《つむぎ》に紺の帯を締めた。着物は地味だが、かえって千草の凜《りん》とした佇《たたず》まいを引き立てた。

支度が調うと、伝次郎は歩いて行くか舟で行くかと聞いた。

「あなたの舟がいいですわ」

千草は即答した。

近所の酒屋で手土産にと角樽《つのだる》を買い、それから舟に乗り込んだ。

伝次郎は羽織を千草に預けると、小袖《こそで》を尻端折《しりはしょ》りして襷を掛けた。

「ではまいろう。寒いなら手焙りを出すか」

「まだ日が暖こうございます」

冬日でも今朝のような風はないので、たしかに寒くはなかった。

伝次郎はゆっくり棹を使って猪牙舟を進めた。

「なんだかずいぶん懐かしいところに帰るような心持ちです」

千草が頰を緩《ゆる》めて言う。その顔は何やら楽しげである。

「うむ。おれもそうだ」

伝次郎は棹を右舷《うげん》から左舷《さげん》に移す。棹は音も立てずに川底にあたる。そのまま棹を押すように、腕に力を入れると、ぐいっと舳《みよし》が波を切って進む。

五

「ごめん」

伝次郎が船宿・川政を訪ねると、居間で休んでいた船頭や女中が振り返って、一瞬時が止まったように驚き顔をした。

「伝次郎さんじゃねえか」

嬉しそうに声を発して破顔《はがん》したのは、船頭の与市《よいち》だった。いつも不機嫌そうな顔をしているが、このときばかりは満面に笑みをたたえた。

「あ、千草さんも」

今度は川政の主、政五郎の女房おはるだった。姉さん被りをした手拭いを取って、

「まさか幽霊じゃないでしょうね。ささ、上がってくださいまし」

おはるは近づいてくるなり、伝次郎と千草の袖を引く。

「聞いていると思うが、わけあって深川を離れたのだ。挨拶をと思っていたが、何かと忙しくてその暇がなく申しわけない。女将、これはほんの気持ちだ。受け取ってくれ」

伝次郎は手土産の角樽をおはるにわたした。

「こんなことしなくてもいいのに。気を遣わせちまって、こっちが恐縮しちゃうじゃないのさ。ささ、いいから伝次郎さん、千草さん、お上がりお上がり」

「それにしても見違えるじゃねえか。二本差し姿を見るのなんざ初めてだぜ。千草さんも女を上げているねえ」

与市が頬を緩めながら軽口をたたく。

「政五郎さんは……」

伝次郎は居間にいる者たちを眺めてからおはるに聞いた。

「近くにいますよ。すぐに呼んできますから」

「頼む」

伝次郎はそのまま火鉢の置いてある居間に上がり込んで座った。千草もそばに来て腰を下ろす。みんな惚《ほ》れ惚《ぼ》れとしたような目で見てくる。

そこにいるのは船頭の与市と佐吉《さきち》、そしてお菊《きく》という若い女中だった。みんな顔見知りである。

「伝次郎さんのことは英二《えいじ》から聞いたんだ。千草さんの店に行ったら閉まってるじゃねえか。それで驚いてよ」

与市は煙管を火鉢の縁にぶつけて言う。千草は以前、「めし　ちぐさ」という小さな店を商っていた。

「英二さんからお聞きになったんですか」

千草は与市を見て目をしばたたかせた。英二というのは、やはり「ちぐさ」の常連客だった。

「ああ、やつだけじゃねえさ、他の客も口を揃えてつまんねえ、つまんねえってさ」

「英二さん、お元気ですか」

「相変わらずだよ。いつも多加次《たかじ》らとつるんで飲み歩いてるよ。『ちぐさ』がなくなっちまって行くとこがねえと、会えばそんなことをぼやきやがる」

多加次という男も「ちぐさ」の常連だった。

「皆さん、お変わりないんですね」

「貧乏と元気だけが取り柄《え》だからね。それにしてもいったいどうしたってぇんだい？」

与市は急に真顔になって聞く。

「いろいろあるのだ」

そう応じた伝次郎は戸惑っていた。以前のように職人言葉で応じるべきか、それとも侍言葉で応ずるべきかと。

「いろいろってどういうことだよ。それにしてもちょいと堅苦しいんじゃねえか。急に人が変わったみてぇで。身なりだって侍そのものだ。千草さんもなんかこう、お武家様のご新造ってふうでよ」

「いろいろあったって、どんなこったい？」

佐吉が伝次郎と千草を交互に眺める。そのとき、戸口に政五郎があらわれた。

「よお、めずらしいじゃねえか」

政五郎はすたすたとやってきて居間の上がり口に立ち、伝次郎と千草に微笑んだ。

「無沙汰《ぶさた》をしております。噂はお聞きでしょうが、わけあって深川を離れることになったのですが、挨拶もせずに家移《やうつ》りをいたし、気が咎めていたのです」

「なあに気にすることたぁねえさ。伝次郎のことだ。よっぽどのことがあったんだろう。そのうち顔を見せに来るだろうと思っていたんだ。それにしても元気そうじゃねえか。千草さんはますます女を上げたようだねえ」

「あんた、戴《いただ》き物をしたんだよ」

おはるが角樽を示して政五郎に教えた。

「こりゃあご丁寧に。気を遣わせちまって悪いねえ」

政五郎は貫禄のある体をまるめて頭を下げた。

「ほんの気持ちだ。それより、話があるのだ」

伝次郎が言うと、機転の利《き》く政五郎はすぐに、

「それじゃ上に行くか。客はいねえから遠慮はいらねえ」

と、二階へうながした。

二階は舟待ち客や飲食を楽しみに来る者たちの座敷だった。船宿は大方二階を客座敷にしており、ときに逢い引きで使う者もいた。

日当たりのよい窓辺に腰を据えて向かい合うと、政五郎はあらためて伝次郎と千草を眺めた。それから、ぽつんとつぶやいた。

「なんだか人が変わっちまったように見えるな」

「そんなつもりはないが、政五郎さんには隠すことはできないな」

伝次郎は侍言葉で話すことにした。とたん、政五郎の顔が引き締まった。

「そなたにはずいぶん世話になり、いろいろと面倒を見てもらった。その恩は決して忘れておらぬ。本来なら引っ越し前に挨拶をすべきだったのだが、忙しさにかまけてすまなんだ」

「どうやらのっぴきならねえことがあったようだな」

政五郎は煙草《たばこ》入れから煙管を取り出し、ゆっくり刻《きざ》みを詰めた。それからひょいと顔を上げて、

「あんた、戻ったのか？」

と、聞いた。伝次郎は小さくうなずいた。

「お奉行に呼び戻されたのだ。とはいっても、お奉行預かりという扱いだ」

政五郎は伝次郎が元町奉行所同心だというのは知っている。それだけ言えばわかるはずだった。

「内与力並みの扱いである」

「内与力……？」

「お奉行の下につく者たちのことだ。引退するまで御番所にいる与力とは違い、お奉行についてまわる家来のことを言う。お奉行が他のお役に就かれるときには、その者たちもいっしょについて行く。もっぱら御番所でお役を務める与力ではない」

「それじゃ、あんたもゆくゆくは……」

「いや、それはないだろう」

「それじゃ、一時だけのお奉行様の家来ということか。都合よく使われるものだ」

ここで先輩同心の嘆願があったことを言えば、話が長くなる。伝次郎は黙っていた。

「とにかくさような次第なのだ」

「お武家は大変だね。しかし、伝次郎、あ、沢村さん」

「呼び捨てでかまわん」

「そういうわけにもいかねえだろう。あんたはお奉行様預かりの町方《まちかた》になったんだ。下手な口は利けねえさ」

「ならば、おれが変えるか」

「どっちでもいいよ。好きにしてくれ」

政五郎はにやりと笑い、箱火鉢の炭を使って煙管に火をつけた。

その様子を眺める伝次郎は、やはりこの男は人間としての器量を備えていると思った。骨のある男だと、初めて会ったときに思ったが、それはいまも変わらない。

伝次郎はこのとき、手先に使う小者捜しを頼もうと思ったが、久しぶりの再会の席なので口にしづらかった。それに、頼んでおきながら紹介された者を断れば失礼にもなる。小者は自分で捜せばいい。

「政五郎さん、あんたはいい友達だ。会えてよかったよ」

伝次郎が少し砕けた口調で言うと、政五郎が紫煙《しえん》を吐いて見てきた。その顔は、障子窓から射し込む日の光を受けていた。

「伝次郎、おれもだ。おれのこと忘れないでくれ」

「忘れるものか」

二人は同時にやわらかな笑みを浮かべた。そのとき政五郎の視線が千草にいったのに気づいた。伝次郎が見ると、千草が手拭いで目頭を押さえている。

「いかがした……」

「いいえ、男同士の気持ちが伝わってまいりまして……」

千草はそこで洟《はな》をすすって、政五郎を見て微笑んだ。

「政五郎さん、これからもどうぞ末永いお付き合いのほど、お願いいたしますね」

「何をおっしゃる。それはこっちの科白《せりふ》だ」

政五郎は小さく笑ったあとで、久しぶりに一杯やろうと誘った。

「そうしたいところだが、今日はこれで失礼する」

伝次郎が断ると、

「いろいろ忙しいってわけか」

と、残念そうな顔をした。

「またあらためてゆっくりやりたい。楽しみはそのときまで取っておく」

「それじゃおれも、そのときを楽しみにしていよう」

それから短い世間話をして、川政を出たときには、日が傾きはじめていた。

伝次郎は後ろ髪を引かれる思いで、小名木川《おなぎがわ》から大川《おおかわ》に出た。

「よかったですわ」

千草が声をかけてきた。伝次郎は棹を移しかえて千草を見た。

「男同士って言葉いらずなのですね。政五郎さんとあなたのやり取りを見ていて、心底そう思いました」

「そうか……」

「他の方たちもとてもよい人たちばかりで……」

千草は微笑んで大川の上流に目を向けた。

伝次郎もそっちを見た。そして胸中でつぶやいた。

（誰もがいい人ならよいが、世の中には許せない者もいる。決して許せない者が……）

腕に力を込めて棹を押した伝次郎は、その棹を上げて、櫓《ろ》に替えた。

夕日が穏やかな水面を走っていた。日のあたらない暗い川面は鏡面のようになっており、残光を受ける川面は黄金色に輝いていた。

六

翌朝のことだった。

伝次郎が茶の間で朝餉《あさげ》を取っていると、

「あなた、御番所の方です」

玄関から戻ってきた千草が告げた。

「誰だ」

「使いだとおっしゃっています」

伝次郎が箸を置いて、玄関に行くと、町奉行所雇いの中間《ちゅうげん》が恐縮の体《てい》で頭を下げた。

「何か急用があるのだな」

「へえ、急ぐことではないようですが、朝のうちに御番所のほうにおいでいただきたいとのことです」

「お奉行からの呼び出しか……」

「いえ、小野田角蔵《おのだかくぞう》様でございます」

年番方《ねんばんかた》の筆頭与力である。

「すると与力番所に……」

「さようです。表玄関で声をかけていただければ、すぐに取り次ぐことになっています」

「承知した」

中間を帰した伝次郎は茶の間に戻って茶を飲んだ。

「お奉行様からのお呼び出しですか？」

片付けをする千草が聞いてくる。

「いや、そうではない。与力の小野田様からだ」

「小野田様……」

町奉行所に疎《うと》い千草は、目をぱちくりさせる。

「小野田角蔵様とおっしゃって、年番方の古株だ」

「年番方というのは……」

千草はまた首をかしげる。

「うむ」

伝次郎は湯呑みを置いて、短く考えた。説明するのはいとも容易《たやす》いが、千草に教えても詮無《せんな》いことだと一瞬思った。

だが、これからは町奉行所の人間と接する機会も増えるだろうし、何より内与力並みの扱いを受けている伝次郎の連れ合いである。

「年番方は両御番所に三人ずつ置かれている。小野田様は、そのなかでも最古参の方だ。よって筆頭与力と呼ぶことがある。諸役の任免も行えば、金銭の出納《すいとう》も預かっている。なにより新任のお奉行がおいでになったときには、その教育掛《がかり》もやられる」

「お奉行様の教育を……」

千草は目をまるくする。

「さよう。新任のお奉行がまずもって頼るのが、年番方与力だ」

「それじゃ、ずいぶん偉い方なのですね」

伝次郎はそれには答えず、黙って茶を服した。

たしかに年番方与力は新任の町奉行の指導にあたり、また町奉行も年番方与力を頼る。しかし、町奉行になる者は世禄《せいろく》三千石ほどだ。対する年番方筆頭与力は二百三十石程度で、お目見え以下の抱え席、つまり原則として一代限りの召抱えである。身分的な格差は大きい。

「とにかく行ってまいる」

伝次郎は着替えをしてから自宅屋敷を出た。

空に筋雲が浮かんではいるが、晴れている。鳶《とび》が冬空を旋回しながら笛のような声を降らしていた。

伝次郎は八丁堀《はっちょうぼり》を抜けると、京橋《きょうばし》をわたり、しばらく通町《とおりちょう》を歩いた。遠まわりではあるが、町の様子を見ておくのは無駄ではない。

無意識にかつての同心時代の習癖が戻ってきているのだ。歩きながらそんなことにはたと気づく。新両替町《しんりょうがえちょう》四丁目の角で右に曲がった。まっすぐ行けば自《おの》ずと数《す》寄屋《きや》橋御門に至る。橋をわたればすぐ南町奉行所である。

（それにしてもなぜ、小野田さんが……）

南町奉行の筒井政憲は、午前は基本的に登城《とじょう》している。つまり、町奉行が留守の間に小野田が呼び出すというのが解《げ》せなかった。

表玄関に詰めている中番《なかばん》に自分のことを告げると、小野田はすでに段取っていたらしく、

「与力番所横の間でお待ちです」

と言われた。

玄関番をしている中番は、奉行直属の家来で同心並みの扱いだった。

伝次郎が与力番所の隣にある次の間に入ると、すでに小野田角蔵が待っていた。

「呼び立ててすまなんだ。ま、これへ」

小野田は自分のそばにいざない、しばらく伝次郎を眺めた。伝次郎も黙したまま見返す。髷に白いものが混じり、しわも深くなっている。鶴のように痩せている五十半ばの男で、四十過ぎて妻帯し、家督《かとく》を継ぐ子はまだ十二、三歳のはずだった。

「用はお奉行にも話をしておるが、まだしかとわからぬ」

小野田が口を開いた。伝次郎は黙って耳を傾ける。

「霊岸島 銀町《しろがねちょう》に『近江屋《おうみ》』という醤油酢問屋がある。知っておるか？」

「新川《しんかわ》にある店ですね」

「さよう。主は彦右衛門《ひこえもん》という。たいそうな分限者《ぶげんしゃ》だ。ところが、妙な話が耳に

入った」

伝次郎は眉宇をひそめる。

「近江屋がさる大名家を相手取って、邪《よこしま》な考えを起こしている気配がある」

「大名家を……」

つぶやく伝次郎は身構えたくなる。

「それというのも、近江屋が伊勢亀山《いせかめやま》藩石川《いしかわ》家に、一万両の御用金《ごようきん》を用立てているからだが、石川家には返済の目処《めど》が立っておらぬ。おそらく、一万両は返ってこないであろう。近江屋は大商家ではあるが、一万両をふいにしたくない。用立てた金をドブに捨てたも同じことになるのだからな」

「すると、近江屋に何か企みがあるとおっしゃるので……」

「さよう。それがよい企みであるのか、悪い企みであるのかわからぬ。気になるのは、近江屋の背後によからぬ輩《やから》がついているということだ。近江屋が石川家をつぶすようなことはなかろうが、石川家は譜代《ふだい》の大名。よもや一大事になっては困るというわけである。何が起こるかわからないのが、いまの世の中」

「近江屋と伊勢亀山藩石川家は、どういう間柄なのですか」

「近江屋は石川家の御用達《ごようたし》なのだ。藩邸に出入りするのは不思議ではないが、近頃、石川家の上屋敷門前で騒いだ浪人らしき者がいる。屋敷門の前で罵《ののし》りの声をあげ、あきれたことに馬の糞《ふん》を表門前にまき散らしたというのだ。一度ではなく二度もあったという。それが近江屋のまわし者かどうかわからぬが、相手は譜代の大名家であるから、見過ごしてはおけぬ。二度あることは三度あるというではないか」

「さようなことであれば、藩目付《めつけ》が動くのではありませぬか……」

「そうは勝手がいかぬらしい。また、同心らを動かして近江屋を見張らせてもよいが、飢饉《ききん》のしわ寄せで、つぎからつぎへと厄介《やっかい》ごとが持ち込まれている。外役《そとやく》の同心らは猫の手も借りたいほどの忙しさである」

伝次郎は視線を宙に向けて、短く思案した。

町奉行所は武家への調べができない。まして相手が大名家ならばなおさらのことで、触らぬ神にたたりなしの体《てい》で距離を置く。おそらく筒井奉行も、手駒の与力・同心を動かすより伝次郎が適役と考えたのだろう。

「では、まずもって近江屋を調べてみましょう」

伝次郎はそう言ったあとで、すぐに言葉をついだ。

「これはお奉行からのお指図でございましょうか」

「お奉行に相談したうえでの指図である」

伝次郎は納得した。

奉行の筒井政憲は、小野田に相談を持ちかけられたうえで思案し、伝次郎を指名したのだろう。大名家が関わることであるから神経を使わなければならないし、町家《まちや》の人間が大名家に迷惑をかけるのは町奉行所として、監督不行き届きと見なされる。その責任は即、町奉行に跳ね返ってくるから、筒井も聞き流せなかったのだ。

「承知いたしました」

伝次郎はそのまま南町奉行所をあとにした。

町奉行からの命令を間接的に受けた按配《あんばい》だが、それほど重大なことだとは考えていなかった。

第二章　近江屋

一

近江屋は霊岸島銀町二丁目にあった。新川に架かる二ノ橋のすぐそばである。

新川は日本橋川にほぼ並行して、亀島川から南東に流れ大川にぶつかる。幅は場所によって五間から九間で、北から一ノ橋・二ノ橋・三ノ橋が架かっている。

新川は上方《かみがた》から下ってくる酒の集散地で、大きな酒問屋が多い。とくに霊岸島銀町はそうなので、醤油酢問屋の近江屋は異質といってもいいかもしれない。それでも、近所の酒問屋に負けない広い間口を持っていた。

昼を過ぎたばかりの新川周辺はわりと静かだ。それでも、蔵の立ち並ぶ河岸には、沖合からやってきた伝馬船《てんません》や荷を運ぶひらた舟などが多く見られた。

酒は上方から樽廻船《たるかいせん》で運ばれてきて、沖合で伝馬船に積み替えられて新川に下ろされる。

伝次郎は楽な着流し姿で町の様子を眺め、近江屋を観察すると同時に、入った近所のうどん屋でそれとなく店の者に探りを入れた。

その調べでわかったのは、近江屋には番頭手代を入れた奉公人が百人は下らないということだった。醬油は上方からも下ろすが、いまは主に銚子《ちょうし》産の醬油を扱っているようだ。さらに、本町《ほんちょう》二丁目で菓子屋を営んでいるというのもわかった。

一万両の御用金を仕立てるほどだから、それに見合う店であろうか。

そして、近江屋の主・彦右衛門のこともぼんやりとわかった。年は五十ほどで、きれいな銀髪だという。

伝次郎がその話をもとに近江屋を眺めていると、店先に何度か姿を見せた銀髪の男がいた。

（あれか……）

伝次郎は店に近づくと、暖簾《のれん》越しに近江屋彦右衛門の顔を脳裏に焼き付けた。にこやかでふくよかな顔だが、明敏《めいびん》そうな目は冷めていた。

いかにもやり手らしく、客への対応はそつがなく、奉公人への指示も的確でいて鷹揚《おうよう》だ。

(さて、ここからどうするか)

近江屋から離れて思案したとき、先の道から怒鳴り声が聞こえてきた。

「謝りゃすむってことじゃねえだろう。どうしてくれんだと言ってんだ!」

若い男だった。

近くにいた者たちがその騒ぎを見ていれば、声に気づいて立ち止まっている者もいる。

伝次郎も何事かと思い、近づいてみた。若い男は冬だというのに、襟元を大きく広げ、素足に雪駄《せった》履きだ。

男は大八車の車力《しゃりき》に、つばを飛ばして怒鳴りつけている。車力は体は大きいが気が小さいらしく、ぺこぺこ頭を下げて許してくれの一点張りだ。

「ちゃんと前を見るようにしますんで、どうか勘弁してください」

「つたく、しょうがねえな。おお、それでてめえはどこの店の者だ」

「店はありませんが、雇われです」

「どこに雇われてんだ？」

「へえ、そこの『鹿島屋《かしま》』さんです」

若い男は近くの鹿島屋という酒問屋を眺め、

「これから医者に行ってくるが、場合によっちゃ乗り込んで薬礼《やくれい》払ってもらうからな。そう心得ておきやがれ」

と、吐き捨てるように言うと肩で風を切るようにして歩き去ったが、しばらく歩いたところで、いかにもわざとらしく、

「あ、いててて」

と、よろめき、太股のあたりをさすった。下手な芝居だ。

どうやら歩いているところを大八車にぶつけられたようだ。騒ぎはそれで終わり、立ち止まっていた者たちはそのまま歩き去り、近所の者たちはそれぞれの仕事に戻った。

伝次郎も興味をなくし、近江屋を振り返った。

このまま見張っていても意味はなさそうだ。それに近江屋が出かけるとしても、

店が終わったあとであろう。

ならばどうするかと考え、小野田角蔵が口にした伊勢亀山藩上屋敷をたしかめておくことにした。

亀山藩上屋敷は上野《うえの》広小路の南西にあり、東も南も大名屋敷で、その他は旗本屋敷が並んでいた。繁華な町家から入ったところなので至って静かである。

まだ昼間だというのに、通りは閑散としており、行き交う人もいなかった。屋敷を訪ねるわけにはいかないので、そのまま去ろうとしたが、脇にある勝手口から出てきた男がいた。行商人のようだ。

伝次郎は気づかれないように尾《つ》けることにした。そして、行商人が南大門町《みなみだいもんちょう》に出たところで声をかけた。

「あたしでございましょうか……」

立ち止まった行商人は、伝次郎を振り返って訝《いぶか》しげな顔をした。

「悪いが少し話をさせてくれないか。手間は取らせぬ」

相手は気乗りしない顔だったが、伝次郎は半ば強引に一軒の茶屋に誘った。

「おぬし、石川家の御用聞きか。いや、さっき見かけたのだ」

「はい。ときどき入り用だと言われた砂糖をお持ちしております」

男はさも気の弱そうな垂れ眉だった。

「すると砂糖屋か……」

「さようです。それで、どんなご用でしょうか」

男は落ち着かない顔で、伝次郎を見る。

「殿様はお屋敷にいらっしゃるのか？」

「いまは国許《くにもと》だと聞いております。年が明けたら見えるとのことです」

すると、いま藩邸に人は少ないはずだ。

「砂糖は上屋敷だけに入れているのか？」

これは他の屋敷を知るためのかま掛けだった。

「いえ、お殿様は贔屓《ひいき》にしてくださっておりますので、本所《ほんじょ》の下屋敷にもときどき足を運んでおります」

「他には……」

「柳島《やなぎしま》にも抱《かかえ》屋敷があると聞いておりますが、そちらには行ったことがありません。でも、なぜそのようなことを……」

当然の疑問であろう。

「情けない話であるが、じつは仕官の口を探しておってな、石川の殿様の屋敷はどうだろうかと考えておるのだ」

「はあ、それはわたしには何とも……」

人の好い行商人は困ったように首をひねる。伝次郎は他の与力・同心のように黒羽織ではない。髷も小銀杏《こいちょう》に結っていない普通の侍のなりである。

「いやいや悪かった。知己《ちき》もってもないので、ちょっと聞いておきたかったのだ。足止めをして申しわけなかった」

伝次郎がそう言うと、行商人は茶も飲まずに立ち去った。

まだ日は高いところにあったが、この時季は油断するとあっという間に日が暮れる。

上野をあとにした伝次郎は、その足で本町二丁目にある近江屋が出している菓子屋に立ち寄った。いかにも上品そうな京菓子が並べてあり、のぞくだけのつもりだったが、千草に買っていってやろうと思い、店に入った。

適当な菓子を選んで包んでもらう間、

「ここは新川の近江屋さんの出店だと聞いたが、そうなのか？」

「へえ、さようです」

菓子と同じように上品そうな店の男が答える。

「彦右衛門殿もこの店にはちょくちょく顔を出すのか？」

「毎日は見えません。三日に一度か四日に一度でしょうか。いらしても小半刻《こはんとき》（三十分）ほどで帰られるのが常です。忙しい旦那ですから。はい、どうぞ」

伝次郎は代金を払って店を出た。

さっきまであかるかったのに、もう日が暮れそうになっている。家路を急ぐ職人を見かけるようになっていた。

「おう、やるならやってみやがれ。ここは天下の往来だ。血を流すようなことをやったら、てめえらだって無事にはすまされねえぜ。このおれに喧嘩《けんか》を売るぐらいだから、それぐれぇの度胸はあるんだろうな。さあ、やらねえか！」

店を出てすぐのところだった。通りの真ん中であぐらをかいて座り込み、片肌脱ぎになっている男がいた。その前に二人の男がいるが、いかにも与太者風情《よたものふぜい》だ。

「なめたことぬかしやがって！」

男は与太者に蹴られて仰向《あおむ》けに倒れたが、すぐに半身を起こし、相手をにらみつける。

（あやつ……）

伝次郎は片眉を動かした。

昼間、新川で車力に因縁をつけていた若い男だった。

「何だ、その目は？　生意気な野郎だ」

もうひとりの与太者が、男の頬桁《ほおげた》を殴りつけた。それでもすぐに男は半身を起こす。したたり落ちる鼻血を手の甲でぬぐい、

「痛くもかゆくもねえぜ。へへっ、今度手を出しやがったら、おれは本気でてめえらをぶっ殺す」

「ほう、そうかい。だったらやってみな、若造」

背の高い与太者が懐からさっと匕首《あいくち》を取り出した。その目が凶暴に光り、殺気を帯びた。

伝次郎は放っておけば、刃傷《にんじょう》沙汰になると思った。近くにいた男に、

「すまぬが、これを預かってくれ」

と、菓子折を預けて、三人のところへ近づいた。そのとき、背の高い与太者が匕首を振り上げた。

「おい、ここまでだ。手出しはならぬ」

伝次郎は匕首を持っている相手の腕をつかんだ。

二

「何しやがんだ。放しやがれっ！」

与太者は抗《あらが》ったが、伝次郎は腕をひねってそのまま大地にたたきつけた。与太者の手から匕首が落ちると、もうひとりの仲間が、

「邪魔するんじゃねえ！」

といって殴りかかってきた。伝次郎はひょいと肩を斜めに動かしながら、拳を突き出してくる腕をつかみ取り、そのまま相手の力を利用して投げ飛ばした。男は二間ほど宙を飛んで天水桶《てんすいおけ》に頭をぶつけて気を失った。

地面に座っていた若者は、ぽかんとした顔で伝次郎を見る。

「往来の邪魔だ。立て」

「あんたは……」

「いいから立て」

伝次郎は若者の腕を摑んで立たせた。背の高い与太者が、腰をさすりながら立ち上がり、伝次郎にはかなわないと思ったのか、気を失っている仲間を起こしてそそくさと去って行った。近くにいた野次馬たちも散っていった。

「何で助なんかすんだよ。余計なお世話だ」

男は尻を払いながら口をとがらせる。

「それより、拭け」

伝次郎は手拭いをわたした。鼻血が出ていると言ってやる。男は恨みがましい目を向けながらも、素直に手拭いを受け取って血を拭いた。

「往来での喧嘩騒ぎ。おぬし、今日だけで二度目だな」

「へっ……」

男は目をしばたたく。

「あんた、いったい何者だ」

伝次郎は答えずにまわりを見て、菓子折を預けた男を捜した。すぐそばにいたので、礼を言って受け取り、

「ついてこい。話を聞く」

と、男をうながした。

「は？」

「おれは御番所の者だ」

男の顔がぎょっとなる。

「咎めはしない。話を聞くだけだ。来るのだ」

男は気乗りしない顔をしながらも、渋々と伝次郎のあとに従った。

「名は何という」

伝次郎はしばらく歩いたところにある茶屋の床几に腰掛けて聞いた。

「……与茂七《よもしち》、お侍さんは？」

「沢村伝次郎だ。なぜ、あんな喧嘩になった」

「目が合ったからって、あの野郎が因縁つけてきたんだ。だから喧嘩売るんだったら買ってやるって、それで……」

「新川で車力と揉めてもいたな」

「ぶつけられたんだ」

与茂七は小女《こおんな》が運んできた茶を受け取ると、すぐに口をつけ、

「あちっ」

と、顔をしかめた。

「仕事は何をしている」

「……してねえです」

短く答えた与茂七は顔を曇らせて、足許に視線を落とした。何やらわけありのようだ。翳《かげ》りのある横顔に苦悩の色を浮かべている。

伝次郎は茶に口をつけて目の前の通りを短く眺めた。日が落ちかかっているので行き交う人の足が速い。店仕舞いをはじめた商家もあるし、夕暮れの客をあてこんだ店の者が声を張ってもいる。

「いまはしていなくとも、前は何かやっていたのだな」

伝次郎は与茂七に顔を向けた。

「錺《かざり》職人だった。それから駕籠《か ご》舁《か》き、大工の見習い……どれも長つづきしなかっ

た。何でも中途半端《はんぱ》だ」

「親は？」

「おとっつぁんは手跡指南《しゅせき》やってたけど、労咳《ろうがい》でぽっくりだ。おふくろも早く死んじまって……」

「いくつだ？」

「二十五です。何で、そんなこと聞くんです？」

「なんだかおぬしは放っておけぬ男だ。鼻っ柱は強いが、根は悪くない。そんな男に見える」

「買い被らねえでくだせえ。仕事もねえ遊び人なんです。悪い仲間とつるんでいたけど、ま、それにも飽きちまった……」

与茂七はふうと嘆息《たんそく》して、遠くを見る。寂しげな目である。

「どこに住んでる？」

与茂七は黙り込んだ。どうしたと、伝次郎が声をかけると、

「友達の家に居候していたけど、喧嘩しちまって……」

「住む家がないということか」

「ま……」

今度は伝次郎が嘆息した。いつの間にか日が翳り、商家の暖簾や障子窓を染めていた日の光も消えていた。

「与茂七、ついてこい」

伝次郎は立ち上がってそういった。

「へっ、どこ行くんです?」

与茂七は目をしばたたく。

三

「ただいま帰った。千草、客人だ」

伝次郎は自宅に帰るなり、奥に声をかけた。すぐに千草があらわれ、「あら」と、口を小さく開けた。伝次郎はそれにはかまわず、

「与茂七、入れ。遠慮はいらぬ。これはわたしの連れ合いだ。さ、何をしておる」

うながされた与茂七は、勝手が違うらしく遠慮がちに土間に入ってきた。

「与茂七さんとおっしゃるのね」

「あ、はい」

「お世話になっています。さ、遠慮はいりませんのでお上がりください」

「あ、いえ……」

与茂七は戸惑った顔を伝次郎に向ける。伝次郎は笑みを返して、

「土産だ。本町に洒落《しゃれ》た店があったので、気紛れに買ってきた」

と、千草に菓子折をわたすと、

「めずらしいことで。どこのお店かしら……」

「近江屋の京菓子だ。口に合うかどうかわからぬが。与茂七、上がって楽にするがよい」

伝次郎はそう言い置くと、寝間に行って楽な着物に着替えて座敷に戻ったが、

「茶の間でいいだろう。千草、そっちに行くので酒をつけてくれるか」

と、声をかけたあとで、与茂七に酒は飲めるなと聞いた。借りてきた猫のようにおとなしくなっている与茂七は、へえとうなずく。

飯屋をやっていた千草は料理の手際《てぎわ》がよい。酒の肴《さかな》にと、まずは豆腐に湯通し

した榎茸《えのきだけ》をのせた小鉢を出してくれた。

「さ、やろう」

伝次郎が酌をしてやろうとすると、

「どうしてこんなことを……」

与茂七は盃を持ったまま解せない顔をする。

「こんな真冬に帰る家がなければ、凍え死ぬのが落ちだ。ひと晩の宿と思ってもらえばよい」

「でも、どうしてこんな親切を……」

「おぬしがいかほどの男なのか知りたいだけだ。他意はない。さあ」

与茂七は酌を受けて盃に口をつけた。伝次郎はにやりと笑って、自分も酒を含んでから、台所で立ちはたらく千草に、

「この男は鼻っ柱が強くてな。往来の真ん中で与太者相手に喧嘩をしておった。威勢のよさは褒《ほ》めるが、危うく怪我をするところだった。まあ、だらしなくも殴られて鼻血を出してもいたが……」

「あ、そんなこと、なんで……」

与茂七が慌てて、やめてくれというように手を振る。千草は立ち仕事をしながら笑っている。

「それはよいのだが、居候した家で喧嘩をして追い出されたらしいのだ。路頭に迷っている野良犬だ」

「あ、口の悪いことを……」

与茂七は顔をしかめて、やめてくれという顔をするが、伝次郎はつづける。

「両親は死んだそうだが、父親は手跡指南をやっておったらしい。与茂七も読み書きはできるのだろう。どうなのだ？」

「まあ、少しは……」

与茂七は苦々しい顔で酒を飲む。

「以前は錺職人と駕籠舁きをやっていたのだったな。なぜ、やめたのだ」

「それは……」

「なんだ。何でも聞いてやる。どうせろくなことではないはずだ」

「かぁー、沢村さん、意地が悪いんじゃねえですか」

「言いたくないいか。腹にたまっているものを吐き出せば楽になる。さ、飲め」

伝次郎が酌をしようとすると、与茂七はあとは手酌でやるといって、盃を一息に空け、つづけざまに二杯ほど干した。

「それじゃ、与茂七さんは御番所の人じゃなかったのですね。わたしはてっきりそうだと思っていたのに……」

千草が振り返って言う。その顔はなんだか楽しげだ。

「遊び人ですよ。沢村さんに無理矢理連れてこられたんです」

与茂七はぶすっとした顔で、また酒をあおる。

「さあ、なぜ仕事をやめたのだ。大方やめさせられた口であろう」

「遠慮ねえことを。ああ、そうですよ」

与茂七は開き直ったのか、錺職人のときは親方があんまり厳しいことを口うるさく言うので、殴りつけて飛び出したと言った。駕籠舁きは仲間と些細《ささい》なことで口論となり、殴り合いの喧嘩をしてやめたと話した。

「金もなくって仕事も見つからねえんで、ぶらぶらしているうちに浅草の遊び人の仲間に入って、弱そうなやつを強請《ゆす》ったり脅したり、その日が暮らせればいいって……くそ、何でこんなことしゃべらなきゃならねえんだ」

与茂七は自分に怒ったような顔をして、また酒を飲んだ。いける口のようだ。

「その遊び人仲間といるのもいやになったのね」

千草が鍋をかきまわしていたお玉を持ったまま声をかける。

「ま、そういうことです。おれは飽きっぽいんじゃないんです。きっと人付き合いが下手なんです。一人前の錺職人になりたかったんですが……」

与茂七は急にしんみりした顔になった。

「その親方のところには戻れないのか？」

伝次郎が聞くと、与茂七が顔を向けてきた。いつの間にか気弱そうな顔になっている。小さく首を横に振って、

「恩を仇《あだ》で返すようなことをしたんです。それにあの親方です。どんなに頭を下げても許しちゃくれねえでしょう」

「それじゃ、これからどうするの？」

千草だった。

「わかりません」

四

「与茂七さんのこと、どうするつもりですか」

翌朝のことだった。

台所に立っている千草が聞いてきた。伝次郎は茶を飲んだあとで、

「政五郎さんのところに預けたらどうだろうかと思っているのだが……。船頭はいつも足りないから引き受けてくれると思うのだ」

そう答えた。

与茂七は顔を洗いに井戸端に行っていた。

「それはいいかもしれませんね。さ、お味噌汁ができました」

千草が湯気の立つ味噌汁を運んできた。

与茂七が顔を洗って戻ってきたのはそのときだ。茶の間に上がると、きちんと正座をして、昨夜の礼を言った。

「そう畏《かしこ》まらなくてもよい。おれが誘ったのだ」

「でも、こんな親切に……。昨夜《ゆうべ》の鯛《たい》の煮付けはうまかったし、酒もうまかったし、いろいろしゃべっちまったけど……ありがとうございます。礼を言います」

「ほう、見かけによらず殊勝《しゆしよう》なところもあるのだな」

「冷やかさないでください。これでも礼儀はわきまえてるつもりです。でも、ひとつ聞いていいですか？」

与茂七はすっきりした顔を向けてくる。昨夜はかなり飲んだはずなのに、二日酔いではないようだ。

「なんだ？」

「沢村さんは町方の旦那ですよね。それなのに八丁堀には住んでいない。ちょいとおかしいじゃないですか。ほんとに御番所の旦那なんで……。まさかおれをかついでるんじゃないでしょうね」

「おぬしをかついで、何の得がある。だが、いいところに気がついた。ここに住んでいるのには、いろいろわけがあるのだ。それはおぬしに教えることではない」

「……」

与茂七が黙り込むと、千草が炊きたての飯を碗に盛って差し出し、味噌汁を添えた。味噌汁の実は蜆《しじみ》だった。あとは香《こう》の物と納豆、そして卵焼き。

「さあ、どうぞ。お代わりしてくださいな」

「へえ」

与茂七は箸を取ると、飯にかかった。卵焼きをつまんで「うめえ」と、感激の言葉を漏らす。伝次郎と千草は微笑んで見る。

「与茂七、まともに仕事をしたいのだな」

食事があらかた進んだところで伝次郎が聞いた。

「そりゃあもう」

「船頭はどうだ？　つてがあるので、話をしてやってもよい」

「……船頭ですか」

与茂七は目をぱちくりさせる。考えてもいなかったからだろう。

「うむ、深川にいい船宿がある。その気があれば紹介してやる」

与茂七はしばらく考えていたが、

「そこまで世話になるわけにはいきません。昨夜もそうですが、今朝もこうやってうまい飯を頂戴してんです。仕事は自分でなんとかしますよ。お気遣い、恩に着やす」

「そうか……」

与茂七がそう言うなら押しつける必要はない。

食事が終わったとき、粂吉がやってきた。

「おまえを呼ぼうと思っていたのだ。ちょうどよかった」

伝次郎が着替えを終えて言うと、

「松田の旦那から話を聞いておりやす。呼ばれる前にと思いまして……」

粂吉はそう応じて、千草にぺこりと頭を下げた。

「感心なことだ。松田さんから聞いているなら話は早いが、詳しいことはあとだ」

「で、あれは誰です？」

粂吉は茶の間で茶を飲んでいる与茂七を見て聞く。

「ひと晩の居候だ。では、まいるか」

伝次郎が土間に下りて雪駄を履くと、与茂七が慌てたようにそばに来て、

「沢村さん、おれもいっしょに出ます」

そう言って、千草を振り返り、お世話になりましたと頭を下げた。

「いい仕事が見つかればよいですね。では、あなた行ってらっしゃいまし。粂吉さん、ご苦労様です」

千草に送り出されて三人は表に出た。どんよりした雲が漂っていた。そのせいか風景も寒々しく感じられるし、空気も冷えていた。

「やっぱり沢村さんは、ほんとうに町方だったんだ」

後ろについている与茂七が、亀島橋をわたりながら言う。粂吉は怪訝《けげん》そうに見たが、

「与茂七、しっかりやるんだ。しかし、これも何かの縁だろう。困ったことがあったらいつでも相談に来い」

と、伝次郎は励ましの声をかけた。

「へえ、ありがとうございやす。では、おれはここで……」

与茂七は橋をわたったところで一礼し、そのまま河岸道を北のほうへ歩いて行った。

「あいつ、何者《なにもん》なんです？」

粂吉が伝次郎を見る。

「ひょんなことで昨日会って、困っているようだったから目をかけてやったのだ。

それより、松田さんからはどんなことを聞いているのだ」

二人が「松田」と呼ぶのは、南町奉行所の定町廻《じょうまちまわ》り同心で、伝次郎の元先輩である。昔から世話になっている面倒見のよい男だ。伝次郎が町奉行所に戻ったのも、松田のはたらきかけがあったからだった。

粂吉は歩きながら、昨日、伝次郎が小野田角蔵から聞いたことと同じような話をした。

「すると、松田さんの耳にも入っていたというわけか……」

「最初は小野田様から松田の旦那に話があったようです。ですが、松田の旦那は他のことで手が放せないので、沢村の旦那のとこに相談があったんでしょう。で、どうします？」

粂吉は仕事熱心な顔を向けてくる。

「昨日、近江屋と亀山藩石川家の上屋敷の下見はしてきたが、今日は近江屋の主・彦右衛門のことを探る」

「近江屋はこっちじゃありませんよ」

粂吉は近江屋のある新川のほうに顔を向ける。

「わかっている。石川家のことをもう少し知りたいのだ」

伝次郎は町奉行所に行って、武鑑《ぶかん》を調べるつもりだった。もう少し亀山藩石川家のことを知りたいからである。

武鑑には、大名および旗本の名前や禄高をはじめ、その系図だけでなく家臣の名前なども記されている。さらには城の場所や家紋なども含まれており、武鑑を見ればおおよそのことがわかるようになっていた。

「それでどこへ行かれるのですか？」

「御番所だ」

伝次郎は曇っている空を仰ぎ見て足を速めた。

五

「旦那様、よろしゅうございますか」

近江屋彦右衛門が帳付けをあらためていると、廊下から声がかかった。大番頭の喜兵衛《きへえ》だとわかる。

「お入りなさい」

返事をすると、喜兵衛が障子を開けて入ってきた。部屋のなかは長火鉢でほどよく暖められている。そこは彦右衛門が普段執務《しつむ》をしている部屋だった。

文机《ふづくえ》に向かっていた彦右衛門は、ゆっくり体をまわして喜兵衛に向き直った。

「何かありましたか？」

「もう師走でございます。そろそろ〝あの件〟を真剣に考えなければなりません」

喜兵衛はいつになくかたい表情だ。目には咎《とが》めるような光がある。

あの件とは、詳しく教えられるまでもなく、彦右衛門にもわかっている。亀山藩石川家に用立てた一万両の御用金のことである。

「喜兵衛さん、手は打ってあります。慌てることはありません」

彦右衛門は柔らかな笑みを浮かべて、神経質そうな喜兵衛の顔を見る。「さん」付けするのは、先代からの番頭なので敬ってのことだ。

「手を……どんな手を打っておいでなのでしょうか？」

喜兵衛はひと膝進めて聞く。

「このことはしばらく他言《たごん》できないのですよ。大番頭の喜兵衛さんといえども秘密にしておかなければなりません」

　喜兵衛はうつむいて短く思案した。

「わたしにまかせておきなさい。それに石川家とも掛け合っているのです」

　喜兵衛の顔がさっと上がった。

「どんな掛け合いでしょうか？　石川家には返済の目処《めど》は立つのでしょうか？　利子をつけての年賦《ねんぷ》返済は約束でございました。証文も取ってあります。それなのに、御用金を用立てて三年、びた一文たりと返してもらっていないのです。こんなことは申したくはありませんが、石川の殿様には返す意思がないのでは……」

「そんなことはないでしょう。折々に返済はするとおっしゃっているのです」

「それは使いの方の言葉です。お殿様がおっしゃったのではありません。それに、わたしはいやな話を耳にしたのです」

「いやな話……」

　彦右衛門は眉宇をひそめた。

「亀山藩には支藩がございます。常陸下館藩《ひたちしもだて》がそうなのですが、亀山藩は自らの台所が苦しいにもかかわらず、支藩の下館藩に多額の救済金を送っているといいます。

石川家の使いの方はたしかに、返済のために家士の禄を減らすという倹約をしているとおっしゃっています。わたしが耳にした話を信じれば、当家が貸した一万両は返ってこないかもしれません」

「そのことがあるから、わたしは何度も亀山藩の勘定方《かんじょうかた》やご用人様と話しているのではありませんか。わたしとて一万両をドブに捨てるようなことはしたくありませんからね。しかし、支藩があるとは知りませんでした」

彦右衛門は少し胸騒ぎを覚えた。

「支藩への救済金だけではありません。亀山藩の蔵米《くらまい》も軍用米もほとんど底をついていると聞いたのです」

「まことに……」

初耳だった。

「そんな藩に返済ができますでしょうか」

喜兵衛はまじまじと見てくる。

「いったいどこでそんな話を……」

「亀山藩のご勤番《きんばん》です」

「ご勤番……偉いひとですか？」

「いえ、御徒《おかち》の方です」

喜兵衛の声が低くなった。

「御徒頭《がしら》ではなく、平《ひら》の御徒ということですか？」

「さようです。しかし、火のないところに煙は立たないと申します」

「下々の方の話を真《ま》に受けてよいものかどうか。下の方というのは大方、僻《ひが》んだりやっかんだりで、よく言う人はいません。それより、わたしはたしかなことをやろうとしているのです」

神経質なほど心配をする喜兵衛を煩《わずら》わしく思うが、それだけ店のことを思っているというのもわかる。彦右衛門はいっそのこと、自分が進めていることを話してしまおうかと迷った。

「たしかなこととは、どんなことでしょう」

彦右衛門が口を開く前に、喜兵衛が言葉を挟む。

「それは……」

彦右衛門は大きく嘆息し、言葉をつぐ。

「喜兵衛さん、あんたはこの店の大番頭だから、気にかけているのでしょうが……」

「ことは一万両です。お賽銭《さいせん》にするような金高ではありません」

また出鼻《ではな》をくじくように、喜兵衛は口を挟んでくる。

「わかっております。とにかく何年かかろうが、金は返してもらいます。わたしもそんなお人好しではありません」

「返済は滞っています。師走のうちに利子分だけでも返してもらうべきです」

「そうなるよう話を進めますよ」

彦右衛門は相手が喜兵衛でなければ怒鳴りつけただろう。しかし、そこはぐっと堪《こら》えながらもぶっきらぼうに応じた。

喜兵衛も彦右衛門の苛立《いらだ》ちに気づいたらしく、

「では、よきにお取りはからいをお願いいたします」

と、言って下がった。

彦右衛門は閉められた障子を長々と見つめた。あれこれと考えることはあるが、

（あの方に会わなければならないか）

と、心中でつぶやいた。それも早いほうがよいだろう。気持ちが静まってくると、喜兵衛の諫言《かんげん》とも取れる話を軽んじることはできないと思った。だから、なおさら、

(今夜にでもあの方に会わなければならない)

と、思うのであった。

六

伝次郎と粂吉は、霊岸島銀町二丁目の飯屋にいた。河岸場ではたらく人足や、商家に出入りする車力たちに重宝《ちょうほう》がられている店だった。いまもそんな男たちが、丼飯をがっつくように食べている。

店の戸口そばに座っている伝次郎と粂吉は、近江屋を見張っているのだが、これといった動きはない。主の彦右衛門が外出をするのを待っているのだが、その気配もない。

しかし、根気よく待つしかない。粂吉はすでに痺《しび》れを切らしているようで、

「河岸を変えますか」

と、貧乏揺すりをする。

「あと半刻《はんとき》（一時間）、粘ってみよう」

伝次郎は格子窓にしつらえてある障子の破れ目から、近江屋に出入りする者たちを監視しつづけている。

武鑑によると、近江屋が一万両を用立てた亀山藩石川家の当主は、石川総紀《ふさのり》。官位は従五位下《じゆごいげ》、日向守《ひゆうがのかみ》。先代藩主・総安《ふさやす》の実子ではなく、養嗣子《ようしし》だった。実父は旗本《はたもと》・石川総登《ふさと》。

家督を相続し藩主になったのは、天保《てんぽう》四年（一八三三）のことだが、齢は十九歳であった。正室は六代藩主だった総佐《ふさすけ》の娘・阿豊《おとよ》。伊勢国鈴鹿《すずか》郡亀山に城がある。六万石の領地を持つ譜代大名であるが、幕府の要職には就いていなかった。

上屋敷は昨日伝次郎が調べたとおりだが、本所《ほんじよ》と箕輪《みのわ》に下屋敷、柳島に抱屋敷があるのがわかった。そして中屋敷はないようだ。

伝次郎が知りたかったのは亀山藩の内情だったが、もちろん武鑑ではそこまではわからない。

しかし、亀山藩石川家は近江屋から一万両という御用金を用立ててもらっている。

勝手向きが苦しいから金を工面《くめん》したのだろうが、それは借金である。そして、近江屋は石川家の御用達で、背後によからぬ輩がついていると、小野田角蔵は話している。

一介の商人と大名が張り合うようなことは考えにくいが、近江屋は一万両を貸している。その返済が反故《ほご》にされるようなことがあれば一大事である。

近江屋が御用達として商売をするのに役立って重宝《ちようほう》されていたとしても、金高を考えれば黙ってはいまい。

(それにしても、どこをどう調べてゆけばよいのか……)

伝次郎は考えあぐねる。

近江屋への人の出入りは決して少なくなかった。市中の醬油屋や酢屋などが買い付けに来るからで、また小売りも行っているので近所の住人たちの出入りもある。

あっという間に半刻がたち、

「旦那、そろそろ河岸を変えたほうがようございますよ。客もいなくなりました」

粂吉の声で我に返った伝次郎は、客のいなくなった店のなかを眺めて、

「そうするか」

と、腰を上げた。

迷惑そうな顔をしていた店の女が、ほっと安堵したのがわかった。

飯屋を出ると、二ノ橋の袂《たもと》にある茶屋の床几に腰掛けた。そこからだと、ほぼ正面に近江屋を見ることができた。

「何もことを起こしていない近江屋を見張るというのも、なんだか間が抜けているような気がするんですが……」

「粂吉、そう愚痴るな。何もなければ、それでよいのだ。小野田様の指図をないがしろにはできんのだ。それに、お奉行が気にされていることでもある」

「さいですね」

伝次郎は河岸道を眺める。新川沿いの河岸地には商家の蔵が立ち並び、その蔵と店を行き来する奉公人や人足の姿がある。

町の通りにはそれほど人は多くないが、ときどき僧侶や勤番侍の姿を見る。侍は近所にある福井《ふくい》藩松平《まつだいら》家の屋敷に詰めている者たちだ。

曇り空なので、風が冷たい。そして七つ前には、あたりが夕暮れのように暗くなった。

「旦那」

粂吉に袖を引かれ、注意をうながされたのは、七つ半（午後五時）を過ぎた頃だった。近江屋から主の彦右衛門が出てきたのだ。

「やっとお出ましか……」

伝次郎は彦右衛門から目を離さずにつぶやいた。

彦右衛門は小僧をひとりつけていた。店を出ると、伝次郎と粂吉のいる前を素通りし、二ノ橋をわたり浜町《はまちょう》方面に向かった。

「尾《つ》けるぞ」

伝次郎は小さく言って立ち上がった。粂吉があとに従う。

彦右衛門はいかにも高直《こうじき》そうな紺紬《こんつむぎ》の小袖《こそで》に、無紋の黒羽織をつけていた。血色のよいふくよかな顔に銀髪がよく似合っている。

供をしている小僧が、大事そうに風呂敷包みを抱え持っている。訪問先への土産だろう。

彦右衛門は湊橋《みなとばし》、崩《くずれ》橋とわたり、日本橋川沿いに小網町から魚河岸を抜けて、通町《とおりちょう》に出た。そのまま室町《むろまち》を過ぎ、本町にある自分の出店に立ち寄りすぐ表に出てきた。小僧の風呂敷が増えているので、また土産を仕入れたようだ。

その後、本石町《ほんこくちょう》を過ぎ今川橋《いまがわ》をわたった。もうその頃には日が暮れ、町は暗くなっていた。

彦右衛門が訪ねていったのは、白壁町《しらかべちょう》にある一軒家だった。家は板塀で囲ってあり、木戸門に引き戸があった。町家にしては大きな家だ。

彦右衛門が何度か声をかけると、なかから引き戸が開けられた。応対に出たのは、侍である。その侍は通りを警戒するように見て、彦右衛門をうながした。

彦右衛門はその場で小僧を帰し、二つの風呂敷包みを持って家のなかに姿を消した。

「条吉、小僧を尾けて、あの家に誰が住んでいるのか聞き出してこい」

「へえ」

条吉はすぐに小僧を追いはじめた。

伝次郎は鉄物《かなもの》問屋の庇《ひさし》の下に身をひそめて、彦右衛門が訪ねた家の見張りを開始した。

第三章　七人の侍

一

「これはほんの心ばかりの品でございます。お口に合えば幸いに存じます」

彦右衛門は高池三太夫《たかいけさんだゆう》に持参の土産を差し出した。

「かたじけない。いつもそなたの心配り痛み入る」

三太夫は礼を言って、同じ座敷の隅《すみ》に控えている家来に小さくうなずいた。意を汲《く》み取ったその家来は膝行《しっこう》して、土産を取ってまた元の位置に戻った。

その間、三太夫は口の端に小さな笑みを浮かべたまま彦右衛門を見ていた。八畳のその座敷には、燭台と行灯が置かれていた。違い棚のある床の間には、小さな壺が置かれ、一輪の藪椿《やぶつばき》が投げ入れてあった。

この家は府内《ふない》藩松平《まつだいら》家の家老である高池三太夫の町屋敷で、藩が借り上げていた。質素倹約に努めている国柄、その家も一切の華美を排し、いたってつつましやかだ。

「先日のお話でございますが……」

彦右衛門は恐る恐る口を開いて、三太夫を見る。威圧感があるのでどうしても萎《い》縮《しゅく》してしまう。

「先日の話とは、亀山藩石川家のことであるな。そのことなら懸念無用。よきに計らう。慌てることはなかろう」

「はは。さようではありますが、手前どもの店のこともあります。年の瀬でもありますし、たしかな約束をいただきとうございます。いえ、約束はしていただいているのですが、その利子だけでもお支払い願いたいと思うのでございます。手前どもの番頭が掛け合っても埒《らち》があかぬばかりでして、ご家老様のお力添えをいただけないものかと、今夜はご迷惑を顧《かえり》みず伺った次第です」

「何かと物入りな年の瀬であるからな。そなたの苦しい胸の内は、重々に察しておる。だが、いましばらく待ってもらえまいか。それに今宵《こよい》は大事な用があるのだ」

「間の悪いときにお伺いいたし、申しわけもございません」

彦右衛門は畳の目を数えられるほど頭を下げながら、このまま引き下がっては来た甲斐がない。確約の言葉とはいかないまでも、それに準じる言質《げんち》を取りたい。果たしてどのように話を進めればよいかと忙しく考える。

「それでご家老様と亀山のお殿様との話し合いは、年内に行われるのでしょうか？」

「その肚づもりである」

「では、そのときに手前どもへのご返済のお話を、掛け合っていただけるのですね」

「近江屋、そなたに約束をしたはずだ。必ずや話をすると」

三太夫は目に力を入れて答えた。

「では、くれぐれもよろしくお願いいたします」

「わかっておる」

彦右衛門はぺこぺこと頭を下げる。三太夫と亀山藩石川家の話し合いがいつになるのか、その期日を知りたいが、そこまで突っ込んだことを聞くのははばかられる。

「今日はお忙しいのに、突然お邪魔をいたしまして申しわけございませんでした。何卒《なにとぞ》よろしくお願いいたします」

「うむ、気をつけて帰られよ」

もう一度頭を下げた彦右衛門は、隅に控えている家来にも頭を下げ、そのまま廊下に出た。玄関のそばに二人の家来が待機しており、彦右衛門を黙って見てくる。その鋭い眼光に彦右衛門は臆《おく》し、なるべく目を合わせないようにして頭を下げる。雪駄に足を通し、もう一度廊下の奥に頭を下げて、三太夫の家を出た。

表で見張っていた伝次郎は、木戸門の引き戸を開けて表に出てきた彦右衛門を見た。

(早いな)

そう思いながら彦右衛門の様子を窺《うかが》う。何やらほっと胸をなで下ろしたような顔つきだ。提灯のあかりを受けるその顔に安堵の色が浮かんでいた。

伝次郎は先の通りを見た。粂吉はまだ戻ってこない。このまま彦右衛門を尾《つ》けたほうがよいか、粂吉を待つべきかと思案する。

その間に彦右衛門は通町のほうへ向かっている。伝次郎は彦右衛門が訪ねた家に視線を戻した。誰の家なのだと、内心で疑問をつぶやき、彦右衛門のあとを追うようにその場を離れた。

しかし、それも通町に出たところで足を止めた。粂吉を待とうと思ったのだ。

彦右衛門は日本橋のほうに歩き去って行き、その姿が小さくなった。

伝次郎はその先の道に視線を飛ばして、粂吉が戻ってこないかと目を凝《こ》らす。しかし、それらしき姿は見えない。

（ここで待つか……）

寒風を避けるために、そのまま商家の軒下に立った。ちょうど角地《かどち》なので、さっき彦右衛門が訪ねた家の通りも見ることができた。

通町に視線を戻すと、彦右衛門の姿は見えなくなっていた。それから小半刻とたたないときだった。

彦右衛門が訪ねた家から男が出てきたのだ。侍である。

伝次郎は眉宇をひそめて目を凝らした。出てきた侍は、ひとりではなかった。最初の侍につづき、つぎつぎと侍が出てくる。都合七人。

七人の侍は下僕《げぼく》と思われる男に見送られて、伝次郎が立っているほうにやってくる。全員、羽織袴姿である。それぞれに提灯を持ち、黙々と歩いてくる。先頭に立つのは恰幅《かっぷく》のよい五十がらみの男だった。

その七人は暗がりに立つ伝次郎には気づかず、通町に出ると、そのまま筋違《すじかい》御門のほうへ歩き去った。

(いったい何者なのだ?)

身なりから浪人とは思えなかった。きちんとした武家の風格を漂わせていた。

「旦那、こちらでしたか……」

去りゆく七人の侍を見ていた伝次郎に声がかけられた。粂吉だった。

二

「わかったか?」

伝次郎は粂吉に体を向けて聞いた。

「それがよくわかりませんで。要領を得ないんです」

「どういうことだ」

「あの小僧は近江屋に、どこのなんという者が住んでいるのか教えてもらっていないんです。小僧が聞いても教えてくれないそうで。ただ、どこかの大名家の偉いお侍ということだけは聞いているそうで……」

「大名家の……」

「へえ、でもどこの大名家なのかそれもわからないと言います。あまり深く穿鑿《せんさく》もできないので、それ以上は聞きませんでしたが……」

それだけを聞き出すのに、粂吉はずいぶん手間取ったものだ。伝次郎はあきれるが、小言は口にせず日本橋のほうに向かって歩き出した。粂吉がついてくる。

「あの家に侍が住んでいるのはたしかだ。ついさっきのことだが、七人の侍が出てきた。浪人の風体ではないので、近江屋の小僧が言うように大名家のご家来かもしれぬ」

「すると、あの家は侍屋敷ですか。それにしては小さな屋敷ですね」

伝次郎は思案をめぐらしながら黙って歩く。

大名家の家臣は、江戸在府中は基本的に藩邸内の長屋に住むことになっている。長屋といっても身分によってその広さに違いはあるが、ときに重臣のなかには藩邸の長屋を嫌い、市中に家を借りる者がいる。

あの侍たちもその類《たぐ》いかもしれない。だとしても、どこの大名家なのだろうか。

近江屋と繋《つな》がりがあるとすれば、亀山藩石川家である。

「もし、石川家の重臣の借りている屋敷なら、近江屋は借金の返済を催促に行ったのかもしれぬ」

考えられるのはそれぐらいだが、果たして真相はわからない。

ただ、伝次郎が気にするのは、

──近江屋の背後にはよからぬ輩がついているという。

と言った年番方与力・小野田角蔵の言葉である。

しかし、伝次郎にはそのよからぬ輩が、さっきの七人なのかどうかはわからない。

「旦那、どうしますか？」

伝次郎は粂吉の声で我に返った。すでに室町二丁目まで来ていた。

「今夜はここまでにしておこう。また明日近江屋を見張ることにする」

「では、何刻《なんどき》に旦那の家に……」

「近江屋が店を開けるのは、五つ（午前八時）のはずだ。六つ半（午前七時）過ぎに来てくれればよかろう」

「では、そうしやす」

条吉とは本材木町《ほんざいもくちょう》一丁目で別れた。伝次郎は海賊橋《かいぞく》をわたって八丁堀に入ったが、条吉は楓川《もみじがわ》沿いの道を辿《たど》った。住まいが松川町《まつかわちょう》二丁目にあるからだ。

空には叢雲《むらくも》が散らばっており、その雲の切れ間に星がまたたいている。寒風が強くなったのは、与力・同心の住まう八丁堀の組屋敷地を抜けたときだった。それからほどなく五つ（午後八時）の鐘が空に響いた。

「どうしたのだ？」

伝次郎は自宅玄関に入るなり、片眉をぴくりと持ちあげた。すぐそばの上がり口に、与茂七がきちんと膝を揃えて座っていたからだ。

「お帰りなさい」

深く頭を下げる。土間奥から千草が出てきて、ひょいと首をすくめ、

「日の暮れ前に来て、あなたを待つと言って……」

「仕事はいかがした？」

「口入れ屋に行ってみましたが、すぐにやめちまったんです」

ふむとうなずいた伝次郎は、千草が持ってきた濯《すす》ぎを使ってから座敷に上がった。

「与茂七、これへ」

呼ばれた与茂七はすぐに伝次郎の前に来た。殊勝《しゅしょう》な顔をしている。

「職探しをやめたというのか。それで、どうするつもりだ」

与茂七はさっと顔を上げたと思ったら、二膝下がって畳に額をつけた。

「沢村の旦那さん、おれを雇ってもらえませんか。飯炊きでも薪《まき》割りでも何でもやります。おかみさんの代わりに洗濯もします。掃除もします。今日一日考えたんです、おれの行くところはここじゃねえかと。それで、また戻ってきちまったんです」

「わたしも住む家がないのに、どうしているのかしらと考えていたんです。そうしたらひょっこりあらわれまして……」

千草が半ばあきれ顔でいう。しかし、その目にはかすかな笑いがあった。

「お願いします。おれをここに置いてください」

与茂七は言葉を重ねて額を畳に擦《こす》りつける。

「下男仕事をやりたいとぬかすか。よいから顔を上げろ」

与茂七はゆっくり顔を上げた。伝次郎はその顔をまじまじと眺めた。

「この家にいても手に職はつかぬ。それに給金も払えぬ」

「給金なんざいりません。居候の分際《ぶんざい》になるんです」

「勝手に居候と決めるか。あきれたやつだ。まあ、居候するのはかまわぬが、おぬしはまだ若い。先行きのことを考えて、しかるべき仕事を見つけるのだ」

「じゃあ、いいんですね。置いてもらえるんですね」

与茂七は目をきらきらと輝かせる。

「おぬしの仕事が見つかるまでだ」

「ありがとうございやす。そういうことですから、おかみさん、よろしくお願いします」

与茂七は千草に体の向きを変えて、ちゃっかりしたことを言って言葉を足す。

「旦那がいいと言ってるんですから、文句はないでしょう」

「甘えは許しませんよ。わたしは厳しいですからね」

「粗相があったら、思いっ切り叱ってください」

伝次郎はあきれたように、千草と目を見交わした。

三

神田明神下《みょうじんした》の通りに「芳松《よしまつ》」という市中でも名の知れた料理屋がある。

三味線《しゃみせん》の音と長唄が、店のあかりとともに通りにこぼれていた。

店の前には駕籠が二つ。そのそばに肩をすぼめて煙草を喫《の》んでいる駕籠舁きがいる。暇を持て余している駕籠舁きは、仲間と世間話に興《きょう》じながら雇い主の帰りを待っているのだ。

三味線の音が途絶えて間もなく、艶《なま》めかしい声といっしょに店の戸が開いて、旗本らしき侍が出てきた。供がついており、すぐに駕籠に案内した。旗本風情の男は機嫌よろしく、愛嬌を振りまく芸者に軽口をたたいて駕籠の人になった。

その駕籠は上野のほうに向かい、やがて角を曲がって見えなくなった。さらに、それから小半刻もせずに、また新たな客が店の表にあらわれた。

こちらも旗本風情である。さっきの客と違い、見送りをする店の者や芸者に媚《こ》びなど売らず駕籠のなかに収まった。供についているのは四人だった。二人は侍、二人は軽輩《けいはい》の者だ。

駕籠が動き出すと、供侍《ともざむらい》は駕籠の両脇につき、軽輩のひとりが駕籠の前に出、提灯で地面を照らした。もうひとりは同じように提灯を持ち、駕籠の後ろについた。

その駕籠は明神下御台所町《おだいどころちょう》を過ぎ、昌平橋《しょうへい》のほうへ向かった。

時刻は町木戸の閉まる四つ（午後十時）に近く、寒さも手伝っているのか、通りにはほとんど人の姿がなかった。

駕籠舁きの吐く息が提灯のあかりに浮かぶ。駕籠の両脇についている供侍は警固《けいご》役だろうが、警戒心が薄い。

駕籠は加賀原《かがっぱら》と呼ばれる場所に出た。すぐ先が昌平橋である。

闇のなかから黒い影が飛び出してきたのはそのときだった。黒い影はひとつではなかった。右からも左からも、駕籠を挟むようにあらわれたのだった。その手には白刃《はくじん》がにぎられていた。

「曲者《くせもの》っ」

護衛の供侍が声を発したと同時に、駕籠舁きはどすんと駕籠を下ろし、そのまま小さな悲鳴を漏らして逃げた。提灯を持っていた軽輩も異変に気づいて遁走《とんそう》した。

その場に残ったのは、駕籠に乗った男と、護衛の供侍だった。しかし、供侍のひとりは闇のなかからあらわれた影に、ただの一刀で胸を斬られてその場に倒れた。

もうひとりは刀を抜いて抵抗しようとしたが、背後から脾臓《ひぞう》を突かれ、さらに横合いからあらわれた影に斬りかかられ、悲鳴も発することなくその場に倒れた。

「何やつだ！　森下弾正《もりしただんじょう》と知っての狼藉《ろうぜき》か！」

怒声《どせい》を発しながら森下弾正は、転がるようにして駕籠から出てきた。即座に刀を鞘から抜いたが、黒い影のひとりに首の付け根から胸にかけて斬られてよろめいた。

さらに正面に立った影が横腹を払うように斬った。

森下弾正はうめきながら大地に倒れ、両手の指で地面をかくように動かしたが、そこで息絶えてしまった。

雲に隠れていた月があらわれ、その死に顔を青く照らした。

四

雪でも降りそうな気配があった。鉛色の雲が低く垂れ込めている。

伝次郎は縁側に立って空を眺めてから、茶の間に移った。

「おはようございます」

与茂七がきちんと正座して挨拶をしてくる。

「よく眠れたか」

「はい、夢も見ずに寝ました。やっぱり布団で寝るのはいいですね」

与茂七は湯呑みを取って茶に口をつける。

「失礼ではありませんか！　それはあなたのではありません」

千草が与茂七の腕をぴしりとたたく。

「なんでぇ」

「なんでぇじゃない！　それはあんたのじゃない。旦那のだよ」

「あっ」

与茂七はばつが悪そうに首をすくめ、手にしていた湯呑みを伝次郎に差し出す。

「それも失礼なことよ。まったくおたんこなす。よこしなさい」

千草は伝次郎の湯呑みを取って洗いにかかった。

「おたんこなすだって……。おかみさん、そんなこと言うんだ」

与茂七は少し呆気《あっけ》にとられている。伝次郎はにやにや笑って煙管に火をつけた。

「与茂七、あんた口先だけじゃないでしょうね。薪割りに水汲み、掃除に洗濯、何でもやると言ったのはどこの誰だい」

千草は普段と違う口調だ。元は御家人の娘だが、職人に嫁いだときに覚えたのだ。つつましやかな女ではあるが、江戸っ子特有の姐御《あねご》肌も持ち合わせている。相手次第では歯に衣《きぬ》着せぬ物言いもする。

「飯食ったらやろうと思っていたんだよ」

「『思っていたんです』でしょ。口の利き方を直さなければならないわね」

「朝っぱらからなんだい。結構がみがみ言うんだ」

「えっ、いまなんと言った！」

背中を向けていた千草は振り返って、与茂七をにらむ。

「分《ぶん》をわきまえなさい。あんたは客じゃないんだ、居候でしょう」

「ま、そうだけど……」

千草から先制攻撃を食らった与茂七は困惑している。そんな様子を伝次郎は見ないふりをして、火鉢に炭を足し、煙管を手に打ち付けて灰を落とす。

躾《しつけ》は最初が肝心である。それに与茂七は甘い顔をしていれば、すぐにつけあがる男だ。千草はそのことを見抜いている。だから厳しく接しているのだった。

伝次郎はわかっているから何も言わずに、千草が新たに茶を淹れてくれた湯呑みを受け取った。

「男は一度口にしたことは守るものです。はい、これがあなたのお茶」

千草は口調を変えて、与茂七に湯呑みをわたした。

「すいません」

与茂七はそう言ったあとで、小さく「まいったなあ」とつぶやく。伝次郎は苦笑いをする。

「あの、ひとつ聞いていいですか」

与茂七は伝次郎を見た。

「おかみさんのことは、やっぱりご新造さんと呼んだほうがいいんですか？」

「おかみさんでいいわ」

千草が即座に答える。

「伝次郎さんのことは旦那さん。そうお呼びなさい」

「わかりました」

「それじゃ、ご飯にしましょう」

千草が朝餉の膳を調えてくれる。

与茂七はしばらく黙って飯を食べた。千草に叱られたのが少しは応《こた》えているのだろう。

「今日も遅くなるやもしれぬ。そのつもりでいてくれ」

伝次郎は味噌汁を飲み干したあとで千草に告げた。

「承知しました」

「旦那さんのお役目は忙しいんですね。で、何をしてんです？　悪さをしてるやつをしょっ引くんでしょうけど、そんな野郎を捜してんですか？」

与茂七が飯を頬張りながら言う。

「口にものを入れて話してはいけません」

また千草に小言を食らった与茂七は、不服そうな顔をする。

「いろいろだ。おぬしに話すようなことではない」

「おれにできることがあったら、手伝いますよ」

「手伝いを……なるほど、おぬしがな」

伝次郎は箸を置いて、与茂七を真正面から見た。

「ま、おぬしの心がけ次第だ。それより、仕事は見つけたほうがよい。この家に居候するのはかまわぬが、いつまでもというわけにはいかぬ。向後の身の処し方をよく考えるのだ。それがおぬしのためだ」

「……はい」

与茂七が殊勝な顔で返事をしたとき、玄関に条吉の声があった。千草が、開いているから入ってと声を返す。

「ばったり松田の旦那に会ったんですが、何やら話がしたいと近くの茶屋でお待ちです」

条吉は挨拶をしたあとで、そう言った。

「松田さんが……どこにいる？」

「与作屋敷《よさくやしき》の茶屋でお待ちです」

粂吉はちらちらと与茂七を見て答えた。

「すぐに行こう。粂吉、これは居候の与茂七だ。顔を覚えておけ。調子のいい元気者でな。放っておくと何をするかわからぬから、しばらく面倒を見ることにした。与茂七、挨拶を……」

「与茂七と申しやす。どうかお見知りおきのほどを」

粂吉はしかつめらしい顔でうなずいた。

五

「小野田さんから面倒事を頼まれているらしいな」

松田久蔵《きゆうぞう》は伝次郎が隣に座るなりそう言った。与作屋敷の茶屋である。屋敷と名はつくが町名だ。

目と鼻の先にある亀島橋を、二人の行商人がわたっていた。

空は相変わらずどんよりと曇っていて、町の風景が寒々しく見える。日輪はその垂れ込めた雲の向こうにあり、一条の日の光もなかった。

「これといったことは起きていないのですが、お指図ですから」

「小野田さんの差配を受けたのだろうが、お奉行のお指図があったのだろう。詳しいことはわからぬが、お奉行は何かを嗅ぎつけておいでなのだろう。温厚なお人柄だが、熟慮のうえ深遠《しんえん》なる手を打たれるお方だからな」

「さようなことと思いますが……」

「それだけおぬしを頼りとされているのだ。話は変わるが、昨夜、殺しがあってな」

伝次郎は久蔵を見た。

「場所は昌平橋のすぐそばだ。殺されたのは府内藩松平家の森下弾正という江戸留守居役だった。北町が調べに走っているが、藩の目付《めつけ》も動いている。気になることがあったら教えてくれぬか」

「下手人は？」

「わからぬ。だが、駕籠舁きと藩邸の中間の話では、相手は侍だったという。人数は五人から七人。時刻は四つ頃だったらしい。市中での殺しだ。御番所も相応の動きをしなければならぬ」

「松田さんもその調べに……」

「いや、おれは他のことがある。ただ、外役連中にその件についてのお触れがあった。おぬしの耳にも入れておこうと思ったのだ」

「それはわざわざ相すみません」

「昔の勘は戻ったか？」

「さあ、どうでしょう」

「おぬしのことだ。心配はしておらぬが、お奉行の懐刀《ふところがたな》となっての隠密ばたらきだ。しっかりやってくれ」

久蔵はぽんと伝次郎の肩をたたいて立ち上がり、

「雪になるやもしれぬな」

と、暗い空を見上げ、渋みのある整った顔を伝次郎に向け、

「では」

そう言って連れている小者の八兵衛《はちべえ》をうながして去った。

「旦那、今日も見張りですか？」

条吉が久蔵と八兵衛を見送ってから言う。

「当面はそういうことだろう。では、まいるか」

伝次郎は湯呑みを置いて立ち上がった。そのまま亀島橋をわたり、川沿いの道を辿る。その際、橋際に舫っている自分の猪牙舟を見たが、変わりはなかった。

流れのゆるい亀島川は、鏡面のように穏やかで、暗い空を映し取っていた。

「こういうことなら、見張り場を設けたほうがよいかもしれぬな」

伝次郎は近江屋を眺めながらつぶやく。なんとなく長丁場《ながちようば》の見張りになりそうな予感があった。

「すると、どこがよろしいでしょう。あっしが掛け合ってきましょう」

条吉も同じことを感じているようだ。

その日の見張りをはじめて半日ほどたっていたが、近江屋彦右衛門に動きはない。

店に出入りするのは、客と店の奉公人ばかりだ。

「今日は様子を見よう。何も動きがなければ、明日にでも見張り場を決める」

伝次郎は自分で言っておきながら、逸《はや》る条吉を諭《さと》す。

「今日も同じだと思うんですが……」

伝次郎はめずらしく口答えする粂吉に強い視線を向けた。

「すいません」

「気持ちはわかる。だが、今日は様子を見る。辛抱もおれたちの役目だ」

「そうでした」

粂口はぺこりと頭を下げた。

しかし、飽きの来る見張りであった。近江屋彦右衛門が何を企んでいるのか、さっぱりつかめないのだ。

雪がちらつきはじめたのは八つ半（午後三時）をまわった頃だった。

「降ってきたか……」

伝次郎は空を見上げる。暗い空から粉雪が蝶のように舞いながら降ってくる。その日、三軒目の茶屋に移動していたが、近江屋は相も変わらずである。

「旦那……」

粂吉が伝次郎の袖を引き、顎を動かして一方をうながした。伝次郎はそっちを見て、「ん？」と眉宇《びう》をひそめた。

小太りながらそれなりの貫禄を備えている男が、三人の浪人とおぼしき侍を連れてやってくるのだ。伝次郎は目を凝らした。見たことのある男だった。

「あれは深川の熊蔵《くまぞう》ではなかったか……」

深川門前仲町《もんぜんなかちよう》を根城《ねじろ》にしている博徒《ばくと》一家の親分だ。話をしたことはないが、何度か見かけているし、熊蔵のことも耳にしている。

熊蔵は往来を行き交う者たちには目もくれず、まっすぐ近江屋に近づき、一度店の前で立ち止まってあたりに視線を送った。それから暖簾を撥ね上げるようにして店のなかに姿を消した。三人の浪人がそのあとにつづく。

「なぜ、熊蔵が……」

つぶやく伝次郎は、小野田角蔵の言った言葉を思い出した。近江屋の背後によからぬ輩がついていると言ったのだ。

(まさか、熊蔵と近江屋が……)

伝次郎は胸の内で疑問をつぶやき、近江屋の暖簾を凝視した。

六

「旦那様、深川の熊蔵さんがお見えです」

奥の茶の間でくつろいでいた彦右衛門は、手代に告げられるなり舌打ちをして顔をしかめた。

「またおいでなすったか。また面倒な」

ぼやきながら気が重くなる。

「どういたしますか？」

「追い返すわけにはいかないだろう。座敷に通しておくれ」

そう言葉を返した彦右衛門は、深いため息をついて腰を上げ、台所で立ちはたらいている女中に「茶は出さなくてよいからね」と、釘を刺して座敷に向かった。

熊蔵はいつものように用心棒役の浪人を連れて座敷で待っていた。

「これは親分、よくおいでいただきました」

彦右衛門は心にもないことを言って、恐る恐る腰を下ろす。三人の浪人が射殺《いころ》すような目を向けてくる。それだけで尻がもぞもぞし、心の臓が萎縮《いしゅく》する。

「繁盛しているかい」

熊蔵は顎《あご》のあたりを掌でさすった。目は彦右衛門を見て離さない。

小太りの体に鉄紺《てつこん》の紬に同じ色の羽織をつけていた。膝を崩して、まぶしいほどの白足袋《たび》をのぞかせていた。

「お陰様で何とかやっております。それで今日はどんなご用で？」

彦右衛門はこの場から逃げ出したいが、そういうわけにもいかない。大方金の無心だとは思うが、先日、償い金は払っている。

「どんなご用もねえさ。お定《さだ》の体がどうにも思わしくねえんだ」

「それはまたお気の毒なことで……」

彦右衛門は喉がからからになった。やっぱり茶を持ってくるように言っておくんだったと思うが、あとの祭りである。

お定とは熊蔵の妾《めかけ》のひとりで、両国《りょうごく》の料理屋で酌婦《しゃくふ》をしている。そのお定に、彦右衛門の倅《せがれ》・彦次郎《ひこじろう》が手をつけて悶着《もんちゃく》を起こしていた。彦次郎が責任を負うべきなのだが、泣きついてきたので、父親の彦右衛門が話し合いに応じたのだが、相手は奸智《かんち》に長《た》けた博徒一家の親分。結局は押し切られて百五十両を払っていた。

「お気の毒ですませられることじゃねえだろう。だが、今日は相談があってきたのだ」

「へえ、いかようなことでございましょう？」

「三百両ばかり都合してくれねえか」

「さ、三百両でございますか」

声がひっくり返った。彦右衛門は目をまるくして言葉をつぐ。

「先般、百五十両お見舞いとしてお支払いしたばかりですが……」

「あれはあれだ。だが、おれの言う三百両は言ってみりゃあ、新しい仕事の支度金だと思えばいい。三百両で大儲けができるってことだ。脅しているんじゃねえぜ。ちゃんとした商売をやろうという誘いだ」

「いったいどんなことで……」

「この店と同じ商売をやってる『井口屋《いぐち》』という店があるな。南新堀《みなみしんぼり》一丁目にある店だ」

「井口屋さんだったらよく知っておりますが……」

同じ問屋仲間で霊岸島にある醤油問屋の雄《ゆう》だった。

「霊岸島にゃ、他にも醤油問屋があるが、もしも井口屋が潰れるようなことになれば、算盤《そろばん》を弾くまでもなく近江屋は大儲けだ」

「まさか井口屋さんが潰れるようなことはありませんよ」

「そうでもねえさ」

熊蔵はきらっと目の奥を光らせた。

肉付きのよい団子鼻の下には、ぶ厚い唇があった。熊蔵はその唇を舌先で湿《しめ》らしてからつづけた。

「あの店の番頭がおれの賭場《とば》に出入りしていたのだが、負けが込んで金も払わねえ。挙げ句の果てに御番所に密告《つう》じやがった。難は逃れたからよかったが、このまま黙っておくわけにゃいかねえ。まあ、そんな経緯《いきさつ》があってな、潰してやろうかと思っているのさ。近江屋が首を縦に振ってくれりゃ、おれはそうするつもりだ」

つまり、商売を競っている井口屋を潰して、近江屋に一儲けさせようという肚なのだろうが、乗れる話ではない。それに彦右衛門は、井口屋を商売敵《がたき》と考えてもいない。

「それはいささか乱暴なお話です。どの番頭か知りませんが、話し合いをされたらいかがでしょう」

「話したところで、取れる金は高《たか》が知れている。それより、いまおれの言ったことのほうがよっぽど面白《おもしれ》えだろう。おれは支度金として三百両もらうだけだ。あとは近江屋が大儲けする。いい話だと思わねえか」

「それはいかがなものかと」

彦右衛門は弱り切った顔で首をひねる。こんな男を相手にしていたら、尻の毛まで毟《むし》られかねない。うまく追い返して、すっぱり縁を切りたいが、すぐにその手立ては浮かんでこない。相手は深川の裏の顔役だ。下手をすれば、自分の命さえ危なくなる。

「いかがもなにもねえさ。おまえさんの店が儲かる話だ。動くのはおれたちだ。おまえさんは黙っていりゃそれですむことだ」

「しかし……」

「ま、いい。いきなりの話だ。すぐに返事をもらえると思っちゃいねえさ。二、三日暇をやるから、よく考えておきな」

すると二、三日後にまた来るということだ。勘弁してくださいと、彦右衛門は胸の内で叫ぶ。

「近江屋、悪い話じゃねえはずだ。そうだな」

熊蔵は腰を上げてから言葉を足した。

「あ、はい……」

熊蔵はひとにらみするように彦右衛門を見てから座敷を出て行った。

(塩！　誰か塩をまいてくれ！)

そう叫びたかったが、相手が悪すぎるので黙っているしかない。

(それにしても、どうしてうちに。何故こんなことに……)

彦右衛門は壁の一点を凝視しながら、熊蔵と知り合うきっかけを作った倅の彦次郎を恨みたくなった。

(まったくあの倅のせいで……)

深いため息をつきながら、肩を落とすしかない。

七

「旦那、どうします？」

熊蔵と三人の浪人が近江屋から出てくるなり粂吉が、伝次郎に顔を向けた。

「おそらく深川に戻るのだろう。近江屋がいっしょなら尾けるところだが……」

伝次郎は来た道を引き返していく熊蔵たちを見送り、近江屋に視線を戻し、

「どういう関わり合いなのだ……」

と、疑問をつぶやいた。

「旦那、言わしてもらっていいですか」

「なんだ」

「この見張りをいつまでつづけるんです？　これじゃ埒があきません。いっそのこと近江屋に会って話を聞くというのはどうざんしょ」

「それはおれも考えたことだ。しかし、近江屋に何か企みがあれば、容易《たやす》く話などしないはずだ。悪さをしていれば、いずれ化けの皮は剝がれる」

粂吉は黙り込んだ。

結局、その日は熊蔵が訪ねてきた以外、これといって変わったことはなかった。

彦右衛門も外出はせずに日がな一日店にいた。

そして、翌日も変わりはなかった。

さらにその翌々日も同じだった。

変わったことと言えば、年の瀬が迫っているせいか、町の慌ただしさに拍車がかかっていることだ。借金取りとわかる店者《たなもの》が、長屋やほうぼうの店に出入りしていたり、正月の飾り物を売る屋台が出たり、商家の店先で煤竹《すすたけ》を売る売り子が通行人に盛んに声をかけたりと町には気ぜわしさがある。

変わったことがもうひとつあった。居候している与茂七の態度が、日に日に変わっていくことだ。千草の厳しい躾が功を奏しているのか、与茂七が醸《かも》し出していた刺々《とげとげ》しさが影をひそめ、乱暴な口の利き方も直りつつあった。

そして、二日前から伝次郎と粂吉は、近江屋の近くにある釣具屋にうまく話をつけて、道側に面した三畳間を借りて見張り場にしていた。

近江屋彦右衛門は外出を控えているのか、店を出たとしても小網町の料理屋だったり、同じ商売をやっている醬油酢問屋をまわったりするぐらいだった。

しかしその日、深川の熊蔵が先日同様に三人の浪人を連れて近江屋を訪ねた。熊蔵が再び店の表に姿をあらわしたのは、半刻ほど後のことだった。

「どうにも気になる」

伝次郎は熊蔵のことを探ることにした。

「粂吉、見張りを頼む。熊蔵がどんな用件で近江屋を訪ねているのか探ってくる」

「承知しやした」

伝次郎は熊蔵を追うように釣具屋を出た。熊蔵を引き留めて直接聞くことはできないが、やり方はあった。

政五郎の手を借りるのだ。政五郎はかたぎの男だが、深川界隈の博徒一家ややくざ連中に顔が利く。相談すれば引き受けてくれるはずだ。

三人の浪人を連れて歩く熊蔵は、寄り道もせず深川に戻ると、永代寺門前山本町《えいたいじもんぜんやまもとちょう》の一軒家に入った。さほど大きな家ではないが、戸口には目つきの悪い若い衆がいて、戻ってきた熊蔵を丁重に迎え入れた。

（ここがやつの家だったか……）

伝次郎は熊蔵の家をたしかめたその足で、川政に向かった。

政五郎は一階の座敷で一服つけているところで、あらわれた伝次郎を快く迎え入れてくれた。他には女中がいるだけで、船頭や他の者はいなかった。

伝次郎は人払いを頼んで、手短に用件を話し、

「無理だったらおれが探るしかないが、政五郎さんの知恵を拝借したいのだ」

と、打診した。

政五郎は短く思案したが、

「いや、やれねえことはねえさ。だが、今日の明日と言うんじゃ無理だ。少し暇をくれるか」

「もちろん。やってもらえるなら御《おん》の字だ、頼まれてくれますか」

「沢村さん、あんたの頼みをおれが断れると思うかい」

政五郎は小さな笑みを浮かべて伝次郎を見る。

「すまぬ。頼んだ」

川政を出た伝次郎は、そのまま新川の釣具屋に引き返した。近江屋を探っていることを話はしたが、政五郎は口の堅い男なので他に漏らすことはない。そのことは

まったく心配していなかった。

そして、熊蔵と近江屋の関係も調べてくれるはずだ。下手な手先を使うより、頼りになる味方である。

「旦那、待っていました」

釣具屋に戻るなり粂吉が目を輝かせて見てきた。何かあったという顔だ。

「近江屋が動いたか……」

「そうじゃありませんが、彦右衛門を訪ねてきたお武家がいたんです。そのお武家は彦右衛門を表に呼び出して、立ち話をいたしましてね。あっしはそれを盗み聞きしたんです」

「どこの侍だ？」

「そこまではわかりませんが、どこぞの大名家の使いのようでした」

「ひょっとして亀山藩の……」

「かもしれません。それで今夜、彦右衛門は柳島にある亀山藩の抱屋敷に行くことになっていやす」

「時刻は？」

「五つです」

伝次郎は目に力を入れるなり、障子窓を細く開けて近江屋を眺めた。

（やっと動くか）

第四章　奉行の調べ

一

　空に星あかりはあるが、その光が届かないところは漆黒《しっこく》の闇に包まれていた。新川に架かる二ノ橋の袂に猪牙舟をつけた伝次郎は、手焙りに火を入れ、菅笠《すげがさ》を被って足半《あしなか》のまま河岸道に上がった。

　河岸半纏《ばんてん》に股引《ももひき》というなりは誰が見ても船頭そのものだ。寒さが応えるので、尻端折りした小袖は綿入れだった。

　近江屋のそばに腰を下ろし、煙草入れを出して煙管に火をつけて吸いつける。通りには料理屋や居酒屋のあかりが縞目《しまめ》を作っているが、夜商いの店はさほど多くはない。

商家のほとんどは、大戸を下ろしていた。近江屋も同じである。人通りもなく閑《かん》散《さん》としている。

がらりと一軒の居酒屋の戸が開き、二人の男がだみ声で笑いながら表に出てきた。そのまま酔った足取りで、伝次郎の前を通り過ぎる。何が面白いのか、ときどき笑い合い、互いの肩や背中をたたいていた。職人風情だ。

その二人を見送った伝次郎は、近江屋に目を向ける。表にある脇の潜り戸が開いたのは、それからしばらくしてからだった。

出てきたのは小僧である。おそらく駕籠を呼びに行くのだろう。伝次郎は立ち上がって、声をかけた。

小僧は提灯を掲げて、怪訝《けげん》そうな顔を向けてくる。

「どこに行くんだい？」

「へえ、駕籠を呼びに行くんですが」

やはりそうだった。

「どこまで行くんだい？」

伝次郎は職人言葉で訊《たず》ねる。

「柳島村です」

「ずいぶん遠いじゃないか、おれは船頭だが暇をこいてんだ。駕籠より舟のほうが早いぜ。それに楽だ。舟賃は負けておくから使ってくれねえか」

「わたしが使うんじゃありません。旦那様がお使いになるんです」

「だったら旦那にそう話せばいいだろう。きっと気が利くと褒められるぜ」

小僧は少し戸惑った。伝次郎は相談だけでもしてみろと言葉を重ねる。小僧は迷っているふうだったが、店のなかに戻った。

伝次郎はにやりと口の端に笑みを浮かべる。おそらく近江屋は、舟を使おうと言うだろう。

案の定だった。さっきの小僧といっしょに近江屋彦右衛門が表に出てきた。小僧があの船頭さんだと指をさしてくる。

「旦那、使ってくださいよ。師走に入って仕事がさっぱりでして、せめて餅代を稼ごうとこうやって粘ってんです。小僧さんに聞きましたが、柳島はいささか遠ござんすよ。猪牙《ちょき》のほうが早いし、駕籠より楽です」

伝次郎は押しの一手で誘いかける。

「それじゃお願いしましょう」

彦右衛門はあっさり応じた。

伝次郎は先に舟に乗り込み、彦右衛門を待った。さっきの小僧もいっしょに乗り込んでくる。

「手焙りがあるんで、暖まってくだせえ」

「これはありがたい」

舟に収まった彦右衛門は、早速手焙りに手をかざす。舟提灯のあかりがきれいな銀髪を仄赤《ほのあか》く染めていた。

「柳島のどこら辺ですか」

すでにわかっていることだが、伝次郎は訊ねる。

「亀戸《かめいど》の先です。近くになったら教えますよ」

「それじゃ横十間川《よこじっけんがわ》に入りゃいいんですね」

「さようです」

「それじゃ舟を出します」

伝次郎は棹を使って岸壁を押した。舟はすうっと川中に進む。新川河岸には猪牙舟は少なかった。その多くが荷を積むのに適している伝馬船だ。沖合に停泊する本船と、荷を下ろす陸を往来するのに使われる小舟である。

そうはいっても二十石から三十石を積むことができ、数本の櫓や櫂《かい》を使用する。

伝次郎は亀島川に出て、日本橋川を横切り箱崎川《はこざきがわ》を経由して大川に出た。水量が豊かだし、川幅もある。

川の流れは穏やかだった。しかし、ゆったりとうねっている。黒々とうねるその波は、まるで鯨が泳いでいるような錯覚を覚える。あたかも鯨の背を越えるように猪牙舟は進む。

風もないので操船は楽だった。しかし、大川はそのときどきで表情を変える。風が強く流れが速くなると、白い牙のような荒波になる。そんなとき、舟は出せない。今夜はさざ波さえ立っていなかった。川面は舟提灯と星のあかりを映し取っている。

棹から櫓に替えたので、伝次郎が体を動かすたびに、ぎっしぎっしと櫓が軋《きし》む。流れに逆らって小名木川に入ると、また棹に持ち替える。

彦右衛門はときどき小声で小僧と話をしていたが、聞き取ることはできなかった。しかし、猪牙舟を操りながら彦右衛門の様子を観察する。少し緊張気味の顔つきだ。顔と同じようにふくよかな身を、松葉色の小袖に茶の羽織で包み、首に襟巻きをしていた。伝次郎は襟巻きの代わりに、手拭いを巻いている。

猪牙は大横川《おおよこがわ》を突っ切り、大島橋《おおしま》をくぐって横十間川に入った。そこから目的地まではまっすぐだが、

「旦那、亀戸の先ですね」

と、念を押すように伝次郎は聞く。

「さようです。天神橋《てんじん》の先までやってください」

「へえ」

「それにしても船頭さん、あんたの腕はたいしたものだ。こんなに安心できる舟に乗ったのは初めてだよ」

「ありがとうございやす」

「帰りも頼まれてくれるかね」

「喜んで……」

会話はそれで途切れ、伝次郎は舟を操りつづけた。棹を移し変えるたびに、水音がする。舟はゆっくり波をかき分けて進む。

亀戸の町家が切れると、あたりが急に暗くなった。川の両側が大名家の屋敷だからだ。亀戸の町家を過ぎるときは、どこからともなく三味線の音や、艶《つや》のある長唄《ながうた》が聞こえていたが、いまは無音に近い世界になっていた。

「船頭さん、そのあたりで結構です。帰るまで待ってもらえますか」

「承知しやした。気をつけてくださいよ」

伝次郎は彦右衛門が川に落ちないように手を貸してやる。

河岸道に上がった彦右衛門と小僧を見送った伝次郎は、あたりに目を凝らした。先に来ている粂吉がどこかにいるはずだ。

視線をめぐらしていると、亀山藩石川家抱屋敷の隣にある播磨龍野《はりまたつの》藩の屋敷の陰から粂吉が小走りに駆けてきた。

「うまくいったようですね」

「それでどうなのだ？」

「へえ、もう石川家の人はいます。それから四人のお武家がさっき屋敷に入ったところです」

「それも石川家の侍か？」

「それはわかりません」

伝次郎は亀山藩の抱屋敷の表門に目を向けた。

（なぜこの屋敷なのだ）

抱屋敷は藩の持ち物で、幕府から拝領したものではない。国替え、あるいは屋敷替えがあっても抱屋敷は、藩が地主から買い上げたものなので、そのまま残る。ただし、その屋敷地の広さに応じた年貢や諸役《しょやく》が課される。

「とにかく様子を見よう。粂吉、おまえは身を隠しておけ」

二

広座敷には亀山藩石川家の江戸留守居役・小笠原内記《おがさわらないき》、江戸家老の竹林弥左衛門《たけばやしやざえもん》、府内藩松平家は家老の高池三太夫と神木孫九郎《かみきまごくろう》の二人だった。そして、彦右衛門は下座に控えた。

口火を切ったのは三太夫だった。

「今宵はかねてより石川日向守様の所望《しょもう》されている、幕府人事について話しにまいりました。もうそれだけでお察しいただけると思いまするが、手短に話したく存じます」

「その前に」

小笠原内記が片手を挙げて制し、言葉をついだ。

「貴藩の江戸留守居役・森下弾正殿の訃報《ふほう》、誠に残念であり遺憾《いかん》のかぎり、衷心《ちゅうしん》よりお悔やみを申し上げます」

小笠原内記と竹林弥左衛門が頭を垂れた。

「当家としてもあまりにも突然のことで、予想だにしなかったこと。いまだその傷は癒《い》えませぬが、向後のことを疎《おろそ》かにもできず、お目通りを願った次第でございまする。森下の件は、当家の目付が調べをはじめております。また江戸町奉行も力を貸してくれるとのこと。狼藉者《ろうぜきもの》の捕縛を急いでおるところです」

「心中慮《おもんぱか》りまするが、まことに災難でございました。して、そこに控えおるのは……」

内記の目が座敷隅に控えている彦右衛門に注がれた。彦右衛門はびくっと体を緊張させ、両手をつく。

高池三太夫が彦右衛門を紹介した。

「これに控えるは、霊岸島銀町の醬油酢問屋・近江屋の主・彦右衛門にございまする。呼び出したる由《よし》、小笠原殿にもお気づきではないかと思いますが……」

「そなたが近江屋の主……」

内記は眉を動かして小さく驚き顔になった。近江屋は亀山藩石川家の御用達《ごようたし》だが、彦右衛門がこれまで会ったのは、藩の勘定方下役《したやく》と使番《つかいばん》のみである。注文の品を藩邸に届けても、重臣に会うことはなかった。

それだけに、彦右衛門はいつにない緊張を禁じ得ない。

「すると、御用金の一件で同席していると、さようなことでしょうか」

内記は彦右衛門から三太夫に目を向け直した。

「貴藩は御用金を用立てられていらっしゃるようだが、返済が滞っておると相談を受けておりましてな。払う払わぬの問答はいまはさておき、せめて利子分だけでもお支払いいただかないと近江屋も困りましょう。また、貴藩の外聞も悪くなります。

斯様《かよう》な差し出がましいことを申したくはないのですが、お考えいただきとう存じまする。かくいう当家も近江屋には世話になっている身。相談を受けてないがしろにはできぬのです」

「まさかさようなことを、この会合で話し合われるつもりではないでしょうな」

竹林弥左衛門が目を厳しくして、三太夫を見た。

「大事な話はこれよりです。小笠原殿、竹林殿、近江屋の一件よしなにお取り計らいいただきとうございます」

内記と弥左衛門は短く顔を見交わし、

「近江屋の一件、しかと承った。早速にも算段をつけましょう」

内記のこの言葉に、彦右衛門は胸をなで下ろした。これで少なからず返済はしてもらえるだろう。顔を合わせればやいのやいのと言う番頭にも顔が立つ。彦右衛門は高池三太夫を見て、さすが松平家のご家老様だと感心する。

「では近江屋、さような仕儀《しぎ》である。これより先は他に漏らせぬこと。下がってくれるか」

三太夫に言われた彦右衛門は、ひと膝ふた膝下がり、

「では、石川家のご家老様、何卒よろしくお願いいたします」

と、深々と頭を下げて座敷を出た。緊張のあまり廊下に出たとたん、ふらりと体が揺れ、壁に手をついたほどだ。

控えていた屋敷の侍がすぐに帰るのかと聞くので、

「いえ、ご家老の高池様を待たなければなりません」

と、答えた。

すると、すぐそばの次の間にて待てと言われたので、その部屋に入って腰を下ろした。がらんとした座敷で、唐紙《からかみ》の絵や欄間《らんま》の意匠《いしょう》をぼんやり眺めた。点《とも》されている百目蠟燭《ひゃくめろうそく》のあかりを受けた彦右衛門の影が、白壁に大きく映っていた。

その座敷はしんとして何の音もしない。廊下を行き交う人の足音もない。と、さっきの座敷から声が聞こえてきた。彦右衛門はじっと身を固くして耳を澄ますと、そっと膝を動かして唐紙のそばに近づいた。

「国替えを所望《しょもう》すると、そうおっしゃるのか」

声に厳しさと怒りが含まれていた。それは小笠原内記の声だとわかった。赤ら顔がさらに赤くなっているのを、彦右衛門は想像する。

「それには理《ことわり》がございます」

三太夫の声だ。落ち着いている。

「高池殿、そなたは正気か。何を言い出されるのかと思っておったら、国替えなどとは笑止《しょうし》。話にならぬ」

「いかにもさよう。当家は六万石の譜代。貴藩も譜代ではあるが二万石ではございませぬか。到底請け合える話ではない」

これは竹林弥左衛門の声だ。やはり声に憤りが含まれている。聞き耳を立てている彦右衛門には話がうまく呑み込めないが、府内藩松平家は石川家に無理な相談を持ちかけているようだ。

「お待ちくだされ。ことは石川日向守様の出世に関わることです」

「殿の出世……」

内記の声が低くなった。

「ただいま老中職にお座りになっているのは、大老《たいろう》が井伊《いい》掃部頭《かもんのかみ》直亮《なおあき》様ですので、まず水野《みずの》越前守《えちぜんのかみ》忠邦《ただくに》様、このお方は動かないでしょうが、松平《まつだいら》和泉守《いずみのかみ》乗寛《のりひろ》様と大久保加賀守忠真《おおくぼかがのかみただざね》様はそのかぎりではありませぬ。つまり、近いうちに老中職に空きができるということです」

「まことに……」

「石川家のご当主・日向守様にとってまたとない好機。もし、日向守様がお望みであれば、当家は推挙《すいきょ》いたします。すぐに老中職に就けずとも、御側用人《おそばようにん》あるいは若年寄《わかどしより》への道はあるかと……そこまで申せばおわかりでございましょう」

短い間があった。

「しかれど、なぜ我が殿をご推挙される。貴殿のご主人様をさておいてのことでありましょう」

「我が殿は信心深く、高職を欲するお方ではありませぬ。ご興味は幼き頃より天照大神《あまてらすおおみかみ》を祀《まつ》ってある伊勢《いせ》にあります。その願いは強く、いずれは伊勢の地へ遷《うつ》りたいとことあるたびに口にされます。その思いがかなえられるのなら、当家は日向守様ご推挙のために汗を流す所存でございまする」

またもや沈黙――。

隣室で聞き耳を立てている彦右衛門は、何やらとんでもない話を聞いているような気がして、どきどきと胸の鼓動が高鳴る。

「高池殿のご意向しかと承った。されど、この場で返答できることではございませぬ」

「重々承知」

「日を置いてもう一度相談させていただけまするか」

「望むところでございます」

それから急に声が低められたので、彦右衛門は聞き取ることができなかった。

三

亀山藩抱屋敷から人が出てきたのは、彦右衛門が同屋敷に入って半刻ほどたってからだった。

先にあらわれたのは四人の武士だった。そのあとで彦右衛門と小僧が出てきた。彦右衛門は先に出てきた武士と短く言葉を交わし、ぺこぺこと頭を下げて、四人を見送った。

その四人が伝次郎のいる場所に近づいてくる。提灯を持っているのは二人で、あとの二人が足許を照らしながら歩いてくる。伝次郎はしゃがんだまま被っている菅笠を目深《まぶか》にし、首に巻いている手拭いで口と鼻を覆《おお》った。

やがて四人が近づいてきて、伝次郎を不審そうに見た。伝次郎は「船頭です」と、そばに舫っている猪牙舟を、顔を動かして示した。

「船頭か……」

ひとりの侍がしわがれた声でつぶやいた。その顔が提灯のあかりを受けた。

（あれ、どこかで……）

伝次郎は記憶の糸をたぐった。四人の侍はそのまま河岸道を遠のいていく。

（あれはたしか……）

思い出した。白壁町の侍屋敷から出てきた男だった。あのときは七人だったが、今夜は四人である。石川家の者だろうか……。伝次郎のなかに疑問が浮かんだ。

「船頭さん、待たせましたね」

彦右衛門がやってきたのはすぐだ。

「旦那さん、ちょいと待ってくれませんか。小便をしたくなったんです。なに、すぐ戻ってきますんで……」

伝次郎は彦右衛門と連れの小僧を待たせて、すぐそばの路地に飛び込んだ。

「どうしました？」

すぐに条吉が声をかけてきた。

「たったいまその道を四人の侍が通ったはずだ」

「見ております」

「そのまま河岸道をまっすぐ行った。どこへ行くか尾《つ》けてくれ。見失うとまずい、急げ」

「へい」

条吉は河岸道とは反対方向に駆けていった。気取《けど》られぬように先回りするのだ。

伝次郎は自分の舟に戻った。

「お待たせしやした。寒いと近くなっていけねえんです。さ、お乗りになって」

彦右衛門と小僧を猪牙舟に乗せると、

「まっすぐ新川へ戻ればようござんすね」

と、聞く。

「お願いします」

「帰りは下りになるんで早く着きますよ」

伝次郎はそう言って猪牙舟を出した。棹を操りながら河岸道を歩く四人の侍を見る。その四人は天神橋のそばを右に曲がって、町家のあるほうへ姿を消した。

(どこの家中の侍だ……)

疑問は消えないが、相手が大名家の家来なら深入りはできない。

彦右衛門は口数が多くなっていた。連れている小僧にあれこれと話をしている。伝次郎は聞き耳を立てるが、話は他愛ないものだった。それでも、来るときの緊張感は薄れていた。

竪川《たてかわ》に出ると、そのまま大川に向かった。新川に帰るには、大川の流れに乗ったほうが速いからだ。

四ツ目之橋《よつめのはし》の手前から川の両側は町家になっている。さっきの侍の姿はなかった。粂吉の姿もない。河岸道を歩く人の姿が黒い影となっている。小料理屋や居酒屋のあかりが、その影を浮かび上がらせ、店の前を過ぎるとまた黒い影になった。

提灯を持っている者もいれば、そうでない者もいる。星あかりでも歩ける夜だからだ。

「旦那、さっき挨拶をなすっていたお武家様はどちらの方です？」

伝次郎は彦右衛門に声をかけた。

「まあ、聞いてもあっしにゃ遠く及ばぬ人たちでしょうが……」

言葉を足すと、彦右衛門があっさり答えた。

「府内藩のご家老様たちだよ。お世話になっておりましてね」

「へえ、さようで……」

素知らぬ顔で答えるが、亀山藩の家来ではなかったことに軽い驚きを感じた。

（なぜ、府内藩の家臣が亀山藩の抱屋敷に……）

「旦那は顔が広いんですね」

「商売柄いろんな人にお目にかかりますからね」

彦右衛門は自慢げに言って、また小僧に話しかけた。

伝次郎はそのまま黙って舟を操る。竪川から大川に出ると、舟を流れに乗せた。下りだから操船は楽だ。だが、風を切って走る分、寒さが身にしみる。

新大橋をくぐり抜けると、箱崎川に舳《みよし》を向け、新川を目ざした。

その新川に着いたとき、四つの鐘が聞こえてきた。

伝次郎は彦右衛門を二ノ橋のそばで下ろすと、そのまま亀島橋のそばへ行き猪牙舟を舫《もや》った。舟提灯のあかりを頼りに、舟底にたまった淦《あか》を掬《すく》い出し、手焙りに炭を足した。伝次郎の猪牙舟には隠し戸棚が巧妙に拵《こしら》えられている。手桶や炭はもちろん、着替えも仕舞えるし、刀を隠せもする。その猪牙舟を造ってくれた、小平《こへい》次《じ》という舟大工の手によるものだった。

さらに伝次郎が使っている棹には仕掛けがあった。刀を仕込んであるのだ。使うときはその棹を、半分の長さに取り外せるようになっている。

手焙りにあたりながら、煙草を喫んで時間をつぶす。ときどき亀島橋をわたる人が奇異な目を向けてきたが、そのまま歩き去った。

粂吉がやってきたのは、それから小半刻ほどたってからだった。

「旦那、わかりやした」

四

「白壁町の屋敷に戻りやした」

猪牙舟に乗り込んできた粂吉は、手焙りにあたりながら言った。

「そうか……」

伝次郎は遠くにまたたく星を見てから、言葉をついだ。

「てっきり亀山藩石川家のご家中かと思っていたが、そうではなかった。あの武士は府内藩の者だったのだ」

「府内藩……」

「豊後《ぶんご》府内藩松平家の家老だと、近江屋は言った」

「それじゃ亀山藩と府内藩で、何か話し合いがあったってことですか」

「そうだろうが、近江屋がそんな場に同席するというのが腑《ふ》に落ちぬ」

「近江屋は亀山藩に一万両を用立てていましたね。その返済がないので、府内藩に取り持ってもらったのでは……」

「さようなこともあろうが、どうもしっくりせぬ」

「しかし、相手は大名家ですよ。あまり立ち入った調べはできません。気になるなら近江屋に直接あたりますか」

それが手っ取り早いのは、伝次郎にもわかっている。しかし、出しかけた尻尾を引っ込められたら手間取ることになる。

「どうします？」

思案をめぐらしていると粂吉が言葉をついだ。伝次郎はその粂吉をまっすぐ見た。

「今夜はここまでにしておこう。だが、明日おまえは白壁町のあの侍屋敷を調べてくれ。府内藩が買い上げている屋敷なのか、借りているのか知りたい」

「わかりやした。で、旦那は？」

「おれは近江屋と深川の熊蔵の繋がりを調べる。そろそろわかっているはずだ」

「と、いいますと……」

「川政という船宿の主に頼んであるのだ。さ、引き上げよう」

伝次郎は腰を上げて舟から下りた。


翌朝、居候の与茂七に起こされた。

「旦那さん、旦那さん、朝ですよ」

襖《ふすま》の向こうから与茂七が声をかけてくる。台所のほうから千草が包丁で何か切っている音がする。

「いま起きる」

伝次郎は乱れた寝間着を整えて襖を開けた。すると、すぐそばに与茂七が膝を揃えて座っており、「おはようございます」と、きちんと両手をついて挨拶をしたあとで、

「ちょいと頼みがあるんですが……」

と、伝次郎を見上げてくる。

「なんだ？」

「そのヤットウを教えてもらえないかと思いやして」

「ふむ、剣術を教わりたいとな」

伝次郎はそのまま手拭いを取って、井戸端に行った。粉雪がちらついていた。積もりそうな、怪しい雲行きである。赤い実をつけた南天《なんてん》の葉が白くなりつつある。

「旦那さんはきっと強い。おいらの前で、あの与太公をあっさりたたきのめしたじゃないですか」

金魚の糞のように与茂七はついてきて言う。伝次郎は手桶に汲んだ水で顔を洗う。

「おれも強くなりてぇんです。侍のように剣術を習いたいんです」

伝次郎は顔を拭いて、与茂七を振り返った。

「仕事はどうした、探していないのか？」

「それは……」

与茂七はうつむいたあとで、顔を上げて目をきらきらと輝かせる。

「おれはこの家で使ってもらいてぇんです。そう頼んだじゃありませんか。町方の旦那のそばにいて世話をさせてもらいてぇんです。邪魔だ、いらねえと言われるのなら、おれも男です。きっぱりあきらめます」

伝次郎は口を引き結んだ与茂七をまじまじと眺めた。真剣な顔つきだ。

「……考えておく」

それだけを言って、伝次郎は家のなかに戻った。

「雪ですね。今日は積もるかもしれませんわ」

千草が朝餉の膳を調えながら言う。手拭いを姉さん被りにし、前垂れをつけ、襷を掛けている。すっかり世話女房らしくなった。夫婦契りも祝言《しゅうげん》も挙げていないが、誰が見ても夫婦である。

「与茂七ですけどね」

千草は飯をよそいながらつづける。

「見かけ倒しかと思っていたんですけれど、言えばちゃんとできるのです。昨日は薪割りをずいぶんやってくれましたし、家の掃除も片付けも……」

「やればできるということか」

伝次郎が感心顔で言うと、

「おれは口先だけの男じゃありませんから」

と、表から戻ってきた与茂七が言葉を返す。

「男はそうでなければならぬ」

「旦那さん、剣術をお願いしますよ」

与茂七は食事をしている間も、そのことを何度か口にした。伝次郎もついに根負けし、

「暇ができたときに手ほどきしよう」

と、答えてしまった。

「旦那さん、調子のいい口先だけじゃだめですからね」

伝次郎がこれは一本取られたという顔をすると、千草がくすくす笑った。

五

玄関で千草に切り火を打ちかけてもらい、表に出ると、

「旦那さん、さっきのこと忘れちゃだめですよ」

と、与茂七が背中に声をかけてきた。そして、「行ってらっしゃいまし」と、言葉を足す。

伝次郎は苦笑いをして首を振った。

雪は降ったりやんだりを繰り返していた。積もりそうで積もらない、そんな降り方だ。

(舟で行くか)

伝次郎はそのまま、亀島橋のそばに置いている自分の猪牙舟に乗り込んだ。まだ五つ前だが、河岸道にも通りにもちらほらと人の姿が見られ出した。道具箱をかついだ職人、背中に大きな風呂敷を背負った行商人、侍の姿もあれば、仕事に出かける店者《たなもの》もいる。

やはり師走だからだろうか、多少の天気では休んでいられないのだ。

やっていることは違うが、伝次郎ものんびりできぬ身の上だ。猪牙舟を出すと、そのまま亀島川を遡《さかのぼ》っていく。大川に出ると、棹を櫓に持ち替えて小名木川を目ざす。

上流から筏《いかだ》を組んだ材木船がやってくれば、俵物《たわらもの》を積んだひらた舟が、蛞蝓《なめくじ》のようなのろさで大川を上っていた。

伝次郎は尻端折りした小袖に河岸半纏をつけている。足半を履かず足袋《たび》裸足のままで、棹を操る。寒さをしのぐために首に襟巻きをまわし、菅笠を被っていた。大小は隠し戸棚に仕舞っていた。

小名木川に入ったところで行徳船《ぎようとくぶね》とすれ違った。相手は猪牙舟より大きな船だから、穏やかな水面に波ができる。伝次郎はその波を器用によけて、川政の舟着場に猪牙舟をつけた。

雁木《がんぎ》に座って煙草を喫んでいた船頭が、伝次郎を見て声をかけてくる。

「よお、伝次郎じゃねえか」

仁三郎《にさぶろう》という船頭だった。

「今日は早いじゃねえか」

やはり川政の船頭・与市だった。みんな伝次郎が町奉行所に戻ったことを知らないので、以前と同じように声をかけてくる。

「政五郎さんはいるかい？」

伝次郎は猪牙舟を舫ってから聞いた。

「店にいるよ」

仁三郎が答えて、引っ越したんだってな、千草さんは元気なのかと聞いてくる。

伝次郎は適当に答えて川政に入った。

居間の火鉢にあたりながら茶を飲んでいた政五郎がすぐに気づき、

「上で話そうか」

と、階段を目顔で示した。

伝次郎はそのまま二階の座敷に上がった。客はおらず、がらんとしている。火を入れたばかりの火鉢があり、それを挟んで政五郎と向かい合った。

「わかりやしたぜ」

政五郎は腰を据えるなり言った。伝次郎は黙ってつぎの言葉を待つ。

「熊蔵は近江屋から金を引き出していやした。何でも熊蔵の妾と知らずに、近江屋の倅が手を出したからだそうです。それで近江屋の主が手打ちの金を払って、ことは穏やかにすんでいるようです」

「それなのに、出入りをしているのは……」

「それです。熊蔵は深川では顔の知れた博徒。まあ、任侠《にんきよう》を重く見ていると口では言っているようですが、所詮は質《たち》の悪いやくざ者です」

「政五郎さん、昔のように話してくれませぬか。畏まられると、なんだか調子が狂います。伝次郎と、どうぞ呼び捨てにしてくだされ」

伝次郎が待ったをかけるように言えば、

「だったら、あんたも侍言葉をやめてくれねえか。慇懃《いんぎん》ぶられると、こっちも調子が狂うんだ」

と、政五郎は言葉を返して、にやりと笑った。伝次郎も微苦笑し、

「それじゃそうしよう。先をつづけてくれ」

と、話をうながした。

「熊蔵に何の企みがあるのか知らねえが、井口屋の番頭とひと悶着《もんちやく》起こしている

ようだ」

「井口屋……」

「南新堀一丁目にある醤油問屋だ。近江屋の商売敵だろう。聞いたところによると、井口屋の卯兵衛《うへえ》という番頭は博打好きで、ちょくちょく熊蔵の賭場に通っているらしいが、借金を作っている。それで熊蔵の子分が催促をかけたところ、御番所に密告《う》じたもんだから、危うく熊蔵が縄を打たれそうになったらしい。それはうまく切り抜けたようだが、熊蔵はこのままおとなしくしてはいまい。わかったのはそれだけだ」

「近江屋は熊蔵とうまく話をつけているのに、なぜ、出入りしてるんだ？」

伝次郎は独り言《ひとりごと》のようにつぶやき、火鉢のなかでゆらめく炎を見つめる。

「そりゃあ、おれにはわからねえことだ。だが、熊蔵は金にならねえことで動く人間じゃない。近江屋にまた脅しをかけているのかもしれん」

「そうであれば井口屋にも……」

「当然だろう。賭場は熊蔵の飯の種なんだから」

「政五郎さん、ありがとうございやす。あとはおれの調べです」

「礼なんざいらねえさ。それより熊蔵には気をつけろ」

「承知です」

「伝次郎」

政五郎が見つめてくる。そして、口の端に小さな笑みを浮かべた。

「おめえさん、すっかり町方になった。それも似合ってやがる」

「くすぐったいことを……」

二人は同時に小さく笑いあった。

伝次郎はつくづくこの男と知り合ってよかったと思った。


白壁町の侍屋敷を調べていた粂吉と会ったのは、その日の昼過ぎだった。

「なに、府内藩のものではないと……」

「へえ、あそこは鍛冶町《かじちょう》の大店・日野屋伝兵衛《ひのやでんべえ》の持ち家で、高池三太夫というお武家に貸しているんです。その高池という武家は、六百石取りの旗本となっています。あっしは店請証文《たなうけ》も見せてもらったんで、間違いありません。請け人も亀山藩や府内藩とは縁のない人間のようですし……」

（どういうことなのだ）

伝次郎は表に目を向けた。そこは本材木町《ほんざいもくちょう》の外れ、白魚橋《しらうお》のそばにある茶屋だった。

雪は降りつづいている。楓川沿いにある柳が白くなっており、河岸道を歩く町娘のさした傘にも雪が積もっていた。

「近江屋は誑《たぶら》かされているんじゃないでしょうか」

伝次郎は粂吉の言葉にうなずきながら考える。

たしかに近江屋彦右衛門は、白壁町に住む侍のことを、府内藩の家老だと信じている節《ふし》がある。そして、その侍は亀山藩石川家の抱屋敷で会合している。相手は当然石川家の家臣であろう。

（なぜ、そんなことを……）

「旦那、どうします？」

聞かれた伝次郎は、うまく判断をつけられなかった。それにこれから先の調べをどうすべきかも迷うところである。

「粂吉、お奉行に会うことにする。おまえは近江屋を見張っていてくれぬか」

伝次郎はそのまま腰を上げた。

六

表玄関でなく内玄関から奉行の筒井を訪ねた伝次郎は、小半刻ほど待たされて、用部屋に案内された。

すでに上座に筒井は待っており、伝次郎が挨拶を兼ねて訪問の意図を言上《ごんじょう》すると、

「これへ」

と、そばにうながされた。

伝次郎は膝行して筒井の前まで進み、両手をついて畏まる。

「小野田へ申しつけたことであろうが、いかような仕儀《しぎ》になっておる」

筒井はそう言ったあとで、伝次郎の顔を見ながらすぐに言葉を足した。

「まだ調べはついておらぬようだな。だが、わかったことだけでよいから遠慮なく申せ」

「お奉行は近江屋が亀山藩に恨みを抱いており、何か不始末をしでかすのではない

かと懸念されているのだと心得ています。近江屋がいかに大きな商家であろうと、相手が大名家でありますれば、ことが起こる前に何とかしなければなりませぬ。そのことよくよく心得ての探索をいたしましたが、いくつか面妖《めんよう》なることがあります」

何が面妖であるか、伝次郎は端的に話した。

それは、近江屋が府内藩の家老と接触していること。そして、府内藩の家老と共に、亀山藩石川家の抱屋敷で会合を持ったこと。また、近江屋が直接に亀山藩と接触していないということだ。

筒井はその話を静かに聞いていた。短躯《たんく》だが人間の器量のなせる業《わざ》か、その体は実際より大きく見える。福々しい温厚な面立ちだが、善悪を見分ける慧眼《けいがん》は冴《さ》え、ことに臨んでは迅速な裁量をする人物だ。かつ、少しも私曲《しきょく》のないその人柄を、配下の与力・同心らは畏敬《いけい》している。それは伝次郎も同じである。

「府内藩松平家が……」

伝次郎が一通りのことを話すと、筒井はしばらく視線を泳がせた。伝次郎が他にもありますと、言葉を足すと、筒井は伝次郎に視線を戻した。

「近江屋が府内藩松平家の家老と呼んで信用している武士なのですが、藩邸には住んでおらず、町家の屋敷住まいです。そこで、その屋敷のことを調べましたところ、屋敷の持ち主と借主のことがわかりました。持ち主はともあれ、借主は府内藩松平家の家来ではなく、高池三太夫という旗本でございました。請け人も同じ旗本になっています。松平家が借り受けていれば、さようなことはないはずです」

「いかにもおかしなことよ」

「お奉行、何故この調べを思い立たれたのでございましょうか。相手は大名家でございます。下手な調べをすれば、お奉行の首を絞めることになるやもしれませぬ」

「沢村、そなたの胸の内わからぬでもない。だから直截《ちょくせつ》に申す。小野田から聞いた話と重複するかもしれぬが、近江屋は石川家に一万両の金を用立てておる。しかし、石川家は三年前に用立てられた金を、一文たりと返しておらぬ。三年である。いくら石川家の台所が苦しかろうが、かりにも譜代大名家。不実極《ふじつ》まりない。殿中にあってさような噂が囁かれている。そこへもってきて、近江屋に人相風体よからぬ輩がついていると耳にいたしたのだ。近江屋が間違いを起こせば、町奉行所もその責を問われかねぬ。近江屋の内偵にはさような背景があるのだ」

「おそらく近江屋についている不穏の輩は、深川を根城にしている、熊蔵という博徒一家だと思われまする」

「ほう、そこまでわかっておるか。よし、ならば府内藩松平家の……」

言葉を切った筒井は「ん」と、短くうなるなり、何かを思い出した顔になった。

「松平家の江戸留守居役は先日、何者かに暗殺されたばかりであった。まさか、そなたが調べていることに関わっているのではあるまいな」

伝次郎は無言のまま目をみはった。

「沢村、先に申した松平家の家老……」

「高池三太夫と名乗っている旗本です。その旗本というのも怪しいのではございますが……」

「このこと早速に調べる。明日、いや今日の明日では調べはつかぬだろうから、明後日の午後、もう一度来てくれぬか」

筒井は慧眼を光らせる顔で、伝次郎をまっすぐ見た。

七

「またか」

自室にいた近江屋彦右衛門は小僧の知らせを聞くなり、顔をしかめ、舌打ちをした。

「座敷に通しなさい」

小僧に言いつけた彦右衛門は深いため息をついた。やれやれと、気乗りしない顔で腰を上げ、ゆっくり座敷に向かう。廊下を歩きながら、今日はどんな無理難題を押しつけられるのだろうかと考えるが、察しはつく。

(さて、どうやって断ればよいだろう)

それは先日来考えていることだったが、うまい知恵が浮かばない。とにかく断らなければならない。それだけは、肝に銘じていることだった。

客座敷に行くと、火鉢の前で熊蔵が煙管をくゆらしていた。いつものように三人の浪人がそばに控えていた。

「雪道に往生したよ。永代橋で何人も転んでいるやつがいた」

熊蔵は彦右衛門を見るなりそんなことを言った。

「思いの外積《ほか》もりましたからね。しかし、その雪もやんだようでようございます」

「これ以上降られたら困る。それでこの前のことだが考えてくれたか……」

熊蔵は粘つくような視線を向けてくる。

「井口屋さんの件でしょうが、手前にはどうも……」

「どうもなんだ」

熊蔵は遮《さえぎ》って目に力を入れる。

「親分が手前の店のことを考えてくださるのはありがたいのですが、井口屋さんは同じ商売仲間ですし、昔から親しくお付き合いさせていただいています。ここはどうでしょう。親分のご立腹の相手は、井口屋の番頭・卯兵衛さんでございましたね。でしたら、卯兵衛さんとよく話し合われるのがよろしいのではないでしょうか……」

彦右衛門は角の立たないように気を遣って言ったのだが、熊蔵の顔に朱が差していた。片頬にあった笑みも消え、眼光が鋭くなっている。

「卯兵衛と話したところで、こっちへの実入りは高が知れている。端金《はしたがね》ほしさにおれは骨を折る男じゃねえ。近江屋……」

熊蔵は身を少し乗り出して、彦右衛門を凝視する。

「はい」

声が裏返る。尻の穴がもぞもぞする。

「おめえさん、卯兵衛を殺せと言ってるようなもんだぜ。おれは半端なことが嫌《きれ》えだ。せっかくおめえさんの懐を温めてやろうとしているのに、話し合いをしろだと」

かんと、熊蔵が煙管を火鉢の縁にぶつけた。彦右衛門はびくっと肩を動かして目をつぶる。

「し、しかし、わたしは卯兵衛さんの人柄も知っておりますし……」

「どんな人柄だって言うんだ。負けが込んだからと賭場に借りを作り、挙げ句の果てに御番所に告げ口するような野郎だ、放っておけることじゃねえ。だが、おりゃあ煮えくり返ってる肚を抑えて我慢してんだ。そうでなきゃ、卯兵衛の野郎はとうの昔にあの世の人だ。そうかい、わかった。おめえが卯兵衛を思うんなら、おれの言うとおりにしたほうが、野郎のためだ。そして近江屋、おめえさんのためでもある」

彦右衛門は喉仏を動かしてつばを呑む。すぐに返す言葉は出てこない。

「おれは気は長くねえ。儲けたかったらおれの話を呑むんだ」

熊蔵は声を低めて言う。

「そんな……」

「おれがどれだけ本気かってぇことを、教えなきゃならねえってことか。わかった、教えてやろうじゃねえか。きっと後悔することになるぜ」

熊蔵は不敵な笑みを浮かべ、控えている三人の浪人と顔を見交わした。

「何を考えてらっしゃるんで……」

「いまにわかるさ。おめえが色よい返事をしなかったばかりに起こることだ」

熊蔵はそう言うなり、さっと立ち上がった。

「あ、あの……」

「なんだ？」

「早まったことはご勘弁願います」

熊蔵はそれには答えず、三人の浪人に顎をしゃくってそのまま座敷を出て行った。

ひとり座敷に残った彦右衛門はいやな胸騒ぎがしてならなかった。まさかとは思うが、井口屋の卯兵衛によからぬことが起きるのではないかと不安になった。

（まさか、そんなことは……）

彦右衛門はこれから井口屋へ行って、卯兵衛に気をつけるように忠告しようかどうしようかと思い悩んだ。

ゆっくり立ち上がると、不安を抱えたまま座敷のなかを行ったり来たりした。

「旦那様、よろしゅうございますか……」

廊下に若い手代があらわれた。

「石川家のお使いの方がお見えです」

「なに、石川のお殿様の。すぐお通ししなさい」

彦右衛門は座敷を眺め、少し考えてから下座に腰を下ろした。

亀山藩石川家の使者は待つほどもなくあらわれた。ひとりでなく二人だった。

「石川家勘定方の原庄右衛門《はらしようえもん》と申す。手短に伝えるが、これは当家の主人、日向守のご配慮である。貴殿から預かった御用金の利子と一千両を返済いたす」

「まことに……それはありがたいことでございます」

彦右衛門は深々と頭を下げた。

「ついては明日、その金を届けるゆえ、あらためていただきたい」

「まことにご丁寧に、ありがとう存じます」

「昼前に届ける手はずになっておるゆえ、そう心得おき願いたい。では、しかと伝えた」

「わざわざご苦労様でございました」

彦右衛門は使者のあとを追って、店の表まで出て見送った。その姿が見えなくなると、いっしょに見送りをしていた大番頭の喜兵衛に顔を向けた。

「番頭さん、あの方たちがどんなご用で見えたかわかりますか？」

「はて、どんなご用だったのでしょう」

「御用金のこれまでの利子と、一千両を明日返してくださることになったのですよ」

彦右衛門は満面に喜色を浮かべたが、

「それはようございました。しかし、残り九千両とその分の利子がございます」

と、喜兵衛はあくまでも堅いことを言う。

「もちろん返していただくのです」

彦右衛門は笑みを消し、憮然《ぶぜん》とした顔で店のなかに戻った。しかし、朗報に接したせいか少なからず心が軽くなり、熊蔵とやり取りしたことは頭から離れていた。

八

その翌日、約束どおり亀山藩石川家から金が届けられた。彦右衛門は店の奥座敷で、昨日来た原庄右衛門という勘定方と再び会った。

「たしかめ願いたいが、手間がかかるようであれば、後刻、当家にお知らせ願いたい」

原はもてなされた茶を一口飲んだあとで言った。

「間違いはございませんでしょう。これよりお調べして、受け取りと共にお伝えにあがりたいと存じます」

「では、そう取り計らっていただこう」

原はそのまま供侍と従者を連れて藩邸に帰った。

届けられた返済金と利子は、大番頭の喜兵衛と手代によって確認された。利子は年二分《ぶ》という超低利である。

「旦那様、間違いございません」

彦右衛門が自室で帳面をあらためていると、調べを終えた喜兵衛がやってきて告げた。

「大名家のことですからね。では、受け取りを書いてください。わたしが届けに行くことにしますから」

「それはようございますが、手代の清吉《せいきち》と小僧を二人ほど供につけていただけますか。相手は大名家ですから、少しは人揃えをして行かれたがよいと思うのです」

「そうだね、そうしましょう」

彦右衛門は着替えをすると、手代にもそれなりの身なりに調えさせ、二人の小僧を連れて上野にある亀山藩上屋敷に向かった。

天気がよく、商家の庇から雪解け水が音を立ててしたたり落ちていた。しかし、雪解け道はぬかるんでおり、油断するとハネで着物の裾が汚れるので、用心しながら歩かなければならなかった。

懐に入れた受け取りは袱紗《ふくさ》で包んでいた。それだけは落としてはならない。気を遣いながらの道行きだが、気は軽くなっていた。あとは毎年返済をしてもらえばいいだけのことである。

亀山藩上屋敷に着くと、門前に小僧を待たせ、連れている手代と表玄関まで行く。取り次ぎを頼むと、そのまま待たされたが、原庄右衛門はほどなくしてあらわれた。

小座敷あたりに通されるのではないかと考えていたが、

「しかと受け取った」

と、受け取りに目を通した原は、ご苦労であったと言葉を添えた。どうやらそのまま帰ってよいということらしい。

「では、残りの分も何卒よきにお取りはからいお願いいたします」

頭を下げた彦右衛門は、そのまま亀山藩の屋敷をあとにした。

これがきっかけになり、毎年、返済してもらえるなら店は安泰だし、御用を申しつけられても気持ちよく応じることができる。

(ひとまず何よりである)

彦右衛門は懸念していたことが片付いたことで心を軽くしていた。雪で湿った屋根で、ちゅんちゅんと鳴く雀の声も、晴れた空を舞いながら鳴いている鳶《とび》の声も、何やら楽しげに聞こえた。

府内藩の家老付である神木孫九郎が、近江屋を訪ねてきたのは、その日の夕刻だった。

彦右衛門は客座敷に通して、孫九郎と向かい合って座るなり、

「お陰様で石川家から御用金の一部と利子を頂戴いたすことができました。これもご家老様のお力あってのことだと思います。よくよくお礼のほどお伝えくださいませ」

と、丁重な礼を述べた。

「それは何よりであった。ところで今日は相談があってまいった。ご家老直々に伺うところではあるが、何分にも忙しい方、手を離せぬことがあって拙者が代わりにまいった次第である」

「さようでございましょう。ご家中のことは手前にはわかりませんが、高池様は松平家のご重役。お忙しいのは重々承知しております。それで、いかようなことを……」

「心苦しい頼みである。先般、ご家老が石川家のお留守居役に進言されたことで、近江屋は貸し金を取り返すことができた。無論、それは一部であろうが、向後もすんなりことが運ぶとはかぎらぬ。来年は返済があったとしても、その翌年からまた滞るやもしれぬ。近江屋も返済の催促は心苦しいはず。その催促の肩代わりを、ご家老は請け合ってもよいとおっしゃっておる」

「それは心強いことでございます」

応じる彦右衛門は、内心で身構えた。神木孫九郎が何を言い出すか、おおよその察しはついた。

「これから申すことは、ご家老のご意思ではないが、拙者が忖度《そんたく》をして言うことだ」

「はい……」

「直截に申せば、その手間賃をいただけないだろうかということだ。いわば仲介の費《つい》えとしてである」

やはり、そうかと彦右衛門は膝許に視線を落とす。

「二百両あたりが無難だと考えるが、それは近江屋の事情や都合もあろう。百両でいかがであろうか」

彦右衛門は無表情になって、頭のなかで算盤を弾いた。相手は二百両のところを百両にすると言う。

亀山藩石川家の利子分を考えるなら、いかがであろうか。利子の半分を損するとしても、店に被害はない。それでもまだ利益はある。しかし、彦右衛門も商売人。一両でも得したい。だからといってこの申し出を断れば、今後、亀山藩石川家に用立てている残金の返済が滞ってしまうかもしれない。それは何としてでも避けなければならない。

彦右衛門は神木孫九郎に顔を向けた。孫九郎の青々としたひげ剃り跡が、行灯のあかりを受けて顕《あら》わになっていた。

「百両を用立てるのはやぶさかではございませんが、この件は店の主であるわたしの一存で決めることはできません。番頭と相談のうえで決めたいと考えます」

孫九郎は眉宇をひそめた。彦右衛門はかまわずに言葉をつぐ。

「ただ、店の金ではなく、帳面に付けないわたくしめの財布からでしたら、いますぐにもおわたしできます。ただし、七十両あるかないかでございますが……」

孫九郎の眉がぴくりと動く。彦右衛門は言葉を重ねる。

「お言葉どおりの金高となれば、少しお暇を頂戴しなければなりません」

孫九郎は短く視線を動かして考えていたが、その視線をゆっくり彦右衛門に戻した。

「それでよかろう。ご家老も無理は言わぬ方。きっと近江屋の気持ちを汲み取られるであろう」

彦右衛門は、こうあっさり折れてくれるなら六十両にしておけばよかったと、少し後悔したが、一度口にした手前取り消すことはできない。

「では、早速ご用意いたしましょう」

九

伝次郎は筒井奉行に二日待てと言われたが、実際は三日待たされた。

筒井は目付、長崎奉行とわたり歩いてきている。さらに町奉行職は毎日のように老中や若年寄との接触がある。諸藩大名家の内情をそれなりに聞き及んでいるだろうが、さらに詳しく調べるとなれば勝手がいかないのだろう。

だが、予定より時間はかかったが、筒井は亀山藩石川家と府内藩松平家のことを調べてきた。

呼び出された用部屋で対面するなり、

「沢村、待たせてすまなんだ」

と、筒井は詫びの言葉を口にした。

「いえ、お奉行もお忙しい身の上、このようなこともあろうかと思っておりました故、どうかお気になさらず……」

「心遣い痛み入る。さて、まずは亀山藩石川家のことであるが、台所事情は厳しいようだ。何より諸国に起きている飢饉で、どこの大名家も楽ではないが、亀山藩は今夏に大風と大雨に見舞われ、さらなる飢饉がもたらされている。藩主・石川日向守は領内の事態を重く見て、即座に蔵米を窮民《きゅうみん》らに与えるばかりでなく、高禄の家臣らが持っている蔵米をも供出させている。さらに、家臣は家禄に応じて一割から二割五分の給金を減じられ、その分を飢餓に喘《あえ》いでいる者や貧民へ与えている。

また、支藩である常陸下館藩も苦しんでいるらしく、日向守は手を差し伸べられているそうな。藩政の苦しさは尋常ではなかろうし、御用金の返済もままならぬようである」

筒井はそこで短い間を置いた。蠟燭の芯がじじっと鳴った。

奉行所内は至って静かである。詰所や控え部屋に詰めている内役の与力・同心らが帰ったあとだからだろう。

伝次郎がつぎの言葉を待っていると、筒井はゆっくりとした調子でつづけた。

「さて、府内藩松平家であるが、諸国大名家の国事が多難であるように、松平信濃《しなの》守《かみ》近信《ちかのぶ》殿も頭を抱えておられるようだ。それというのも藩政に歪みがあるからららしい」

「藩政の歪み……」

伝次郎は短くつぶやいた。

「さよう。国の主は信濃守だが、権勢が分かれている。それというのも三代前の藩主だった松平長門《ながとの》守《かみ》近儔《ちかとも》殿が藩政をにぎっておられるからだ。沢村、わしは肝要《かんよう》なのはそこであると考えた。近儔殿のあとを継いだのは近義《ちかよし》殿だが、このお方は早くに亡くなられ、つぎに近訓《ちかくに》殿が藩主になられた。近訓殿は藩立て直しのために改革をはじめられたが、隠居中の身でありながら、権勢をにぎっておられる近儔殿と、ことごとくぶつかり合われたという。それがために、近訓殿は近儔殿の厳命によって、隠居を命じられておる。このとき、近儔殿に反旗を翻した家臣がいた。近儔殿の藩政に逆らったのだ。しかし、無謀なことであったのだろう。その家臣は改易《かいえき》となり、すべてを奪い去られ野《や》に退くしかなかった。ひとりは家老職にあった高岡《たかおか》将監《しょうげん》という方。もうひとり、その腹心だった小柳《こやなぎ》小四郎《こしろう》殿も連座で改易になっている」

「いまもなお長門守近儔様は、権勢をふるわれていらっしゃるのでしょうか」

「いかにもさよう。いまの藩主は信濃守近信《ちかのぶ》様だが、ひそかに前藩主の近訓殿と手を組んでおられるらしい。わしが気に留めたのは、改易に処せられた高岡殿と小柳殿のことだ。この二人は、牢固《ろうこ》として狷介《けんかい》な人物だという。それだけに深い怨念を抱いているのではないかと思われる。わしが気にするというのは、先般、松平家の江戸家老、森下弾正殿が何者かに暗殺されたことである。もしや、いま申した高岡殿と小柳殿の仕業ではないかと考えたのだ。推量違いであればよいが、よしんばさようなことであるなら、浪人による暗殺となる」

　つまり、筒井は江戸町奉行所の取締り対象になると言っているのである。

伝次郎はいま聞いたばかりの話を頭のなかで整理したあとで、

「お奉行、いまひとつお訊ねします。府内藩松平家に高池三太夫というご家老はいらっしゃるのでしょうか」

筒井は即座に首を横に振った。

「そんな家老は、いまも昔もいないということだ。さらに、さような旗本は過去にもいまもおらぬ」

伝次郎は目をみはった。

「さすれば、近江屋は高池三太夫なる者に、たばかられているということになります」

「であろう。沢村、こうなったからには近江屋より直接話を聞くべきであろう」

筒井の目の奥に小さな光が宿った。

伝次郎もおのれの目に力を入れ、

「この一件、奥が深うございますが、ようやく先が見えてきました」

と、応じた。

「沢村、ぬかるな」

第五章　化けの皮

一

近江屋の見張りをつづけている粂吉に会ったのは、筒井奉行に会ってから小半刻後のことだった。

すでに宵闇が濃くなっており、新川河岸も銀町の通りも人気《ひとけ》が少なくなっていた。

「それじゃ、あの白壁町の屋敷にいる侍は、どこの何者なんです？」

話を聞いた粂吉は、目をぱちくりさせる。

「わからぬ。だが、お奉行から聞いた話を考えるなら、府内藩松平家を追われた者かもしれぬ」

「改易された家老……」

「うむ、おれもそうではないかと考えている。改易させられたのは、高岡将監という家老と、その腹心の小柳小四郎の二人。その二人は牢固として狷介な人物だという。いまでも松平家に意趣《いしゅ》を残しておれば、黙ってはおらぬだろう。そして……」

伝次郎は仄かな月あかりを受けている窓障子を見た。見張り場にしている釣具屋の隣は料理屋である。その店の行灯のあかりも、窓障子にあたっていた。

「もしや、松平家の江戸留守居役の暗殺に関わっているってことですか？」

粂吉が伝次郎の考えていることを口にした。

「かもしれぬ」

「しかし、おかしくありませんか。その元家老が松平家に恨みを抱くのはわかりますが、亀山藩石川家とどう関わってるんでしょう。あ……」

粂吉は目をみはった。

「そう、亀山藩石川家と組んで、府内藩を失墜させようという企みがあるのかもしれぬ。しかれど、疑問がある。松平家の元家老らの企みに、亀山藩石川家を何故引きずり込むかということだ。下手をすれば大名家と大名家の争いになる。そうなれば幕府は黙っていまい。悪くすると両家とも取り潰しになるやもしれぬのだ。石川家がそこまでして危ない橋をわたるというのは考えにくい」

「石川家と松平家には、何か遺恨《いこん》でもあるんでしょうか」

「わからぬ」

伝次郎は窓を少し開けて、近江屋に目を注いだ。暖簾が下ろされ、大戸が閉められている。両隣の商家も表戸を閉めていた。

「旦那、どうするんで？」

「粂吉、白壁町の例の屋敷を見張ってくれぬか。おれはこれから近江屋に会って話を聞く」

「わかりました。ですが旦那、あの屋敷に住んでいるのは旗本を騙《かた》っている高池三太夫という侍です。松平家に改易されたのは、高岡将監という人でしょう」

「その高岡殿の仲間と考えてもいいかもしれぬ。つまり、浪人ということだ」

「そうか……」

粂吉は独り言のようにつぶやいた。

「それに、思いあたることがひとつ……」

粂吉が顔を向けてくる。

「おれたちがあの白壁町の屋敷を知ったのは、近江屋を尾けて行った晩だった。そしてあの晩、おれはあの屋敷から七人の侍が出て行くのを見ている。松平家の留守居役が何者かに殺されたのは、あの夜のことだった」

粂吉がはっと口を半開きにする。

「とにかくあの屋敷を……」

「へい」

威勢よく返事をした粂吉は、そのまま立ち上がった。

伝次郎も遅れて釣具屋を出て、近江屋の前に立った。脇戸から店のなかのあかりがこぼれている。

訪《おとな》いの声をかけると、小僧が出てきた。近江屋彦右衛門が何度か連れ歩いている奉公人だった。

「南町奉行所の沢村伝次郎と申す。主人の彦右衛門に会いたい。取り次いでくれるか」

小僧は町方だと知り、顔を緊張させ、すぐにと言って店の奥に引き返した。待つほどもなく小僧は戻ってきて、店のなかに案内した。

伝次郎は帳場の隣にある座敷で、彦右衛門と対面した。

「何かあったのでございましょうか」

彦右衛門は表情がかたい。会ったこともない町奉行所の人間だから無理もない。

「いくつか聞きたいことがある」

「はあ、どうぞお茶を……」

彦右衛門は緊張の面持《おもも》ちのまま茶を勧める。伝次郎は言葉に甘えてゆっくり茶に口をつけた。横に置かれている丸火鉢にのせられた鉄瓶から湯気が出ている。

「そなたは白壁町のとある屋敷に出入りしているな。屋敷の主は、高池三太夫なるお武家。知っておるな」

「存じております。府内藩松平家のご家老様です」

「しかし、松平家に高池三太夫なる家老はいない」

「は……」

彦右衛門は目をまるくし、口を半開きにする。

「調べたところ、あの屋敷に住むのは高池三太夫に間違いはないようだが、屋敷の店請証文には旗本とある。しかし高池三太夫なる旗本もおらぬ。いまも過去にもだ」

「えっ、そんなまさか……」

彦右衛門は鳩が豆鉄砲を食らったような顔で、目をしばたたく。

「昨日であったか、あの屋敷から人が来たな」

「ええ、神木孫九郎様です。高池様のご家来なのですが……」

「そうか、あの男は神木孫九郎というのか……。して、あの屋敷には何人詰めているる？　おれは七人の侍を見た。使用人もいるようだが……」

「あの、何故さようなことを？　しかも、高池様が松平様のご家老ではないというのは、いかようなことなのでしょう……」

彦右衛門は疑問を呈しながら、困惑したように視線を動かした。

「いまそのことを調べているのだ。近江屋、隠し立てはならぬ。知っていることをすべて教えてもらいたい。ことは穏やかではない。大事になるかもしれぬのだ。あの屋敷には何人詰めている」

彦右衛門は一度つばを呑み込み、思案するようにまばたきをして答えた。

「わたしが知っておりますのは、高池三太夫様と神木孫九郎様です。その他にお侍が五人ほど、それから女中と中間です」

「都合九人か。みんなあの家に寝泊まりしているのか？」

「よくわかりませんが、女中は通いのようです。おきみさんといいまして、三島《みしま》町《ちょう》から通っているというのを聞いています。他の方はどうなのかわかりませんが、しかし、府内藩松平家の方でないというのは、ほんとうでございますか？」

「嘘ではない」

「それは大変なことです。わたしは昨日、神木様に七十両をわたしたのです」

「何故さような金を……」

「はあ、これはとんでもないことになりました。まさか、まさか、そんなことが……」

「詳しく話してくれ。そなたが、柳島村にある亀山藩石川家の抱屋敷に行ったことも、その屋敷に高池三太夫と神木孫九郎が行ったことも知っている。また、亀山藩石川家の使いが一昨日、この店にやってきて、昨日の朝、また石川家から届け物があった。そのあとで、そなたは石川家に出向いている」

近江屋を見張っていた伝次郎は、ここしばらくの彦右衛門の動きを掌握《しょうあく》している。

「何でもお調べなのですね」

彦右衛門は呆気にとられた顔で、まばたきもせずに伝次郎を見る。どうやら頭が混乱しているようだ。

「では、順番に聞こう。この店が石川家の御用達であるのは存じておる」

「松平家の御用達もやっております」

ほう、そうであったかと、伝次郎は内心で納得した。つまり、近江屋は松平家の内情にも詳しいということだ。

「石川家に御用金を出しておるな。ひょっとすると、昨日石川家からその金の一部が返されたか……」

「さようです。三年の間利子も何も返していただいておりませんでしたので、昨日は胸をなで下ろしたのでした。しかし、それも高池様の計らいがあったからです」

「どういうことだ」

「柳島のお屋敷で、高池様が石川家の留守居役様に進言してくださったからです」

「借金の返済をするように、勧めたということか……」

伝次郎は眉宇をひそめる。

「さようです」

「あの屋敷を訪ねたのは、高池三太夫と神木孫九郎であったな。石川家の相手はお留守居役だけだったのか？」

「いえ、お留守居役の小笠原内記様と江戸家老の竹林弥左衛門様でした」

「あの晩、高池三太夫はこの店の借金を払うようにひと肌脱いだ。ただ、それだけの話し合いだったのだろうか……」

伝次郎は彦右衛門のふくよかな顔を見つめる。

「わたしはその話が終わると、席を外させられまして、隣の部屋で待っておりました。しかし、高池様たちの話し声が聞こえてまいりました」

彦右衛門はそう言ってから、自分が耳を澄まして聞き取ったことを話した。

「すべてを聞いたわけではありませんが、そんな話をなさっていました」

伝次郎は首をかしげたくなった。

なぜ、江戸家老でもない高池三太夫が、石川家の主人である日向守を老中に推挙するなどという話ができるのだ。いくら何でも突飛《とっぴ》な話である。

しかし、彦右衛門の話を聞けば、石川家の江戸家老と留守居役は高池の話を鵜呑みにしているようだ。

それは高池三太夫にとって、何の得があるのだ。口から出まかせのたばかりだとしても話が大きすぎる。

そのことを彦右衛門に問うてもわからぬことだろう。伝次郎が思案をめぐらしていると、彦右衛門が口を開いた。

「昨日、神木孫九郎様がおいでになってわたしは七十両を用立てましたが、それも今後、石川家からの返済が滞らないならば、仲介の労をとってくださるのですから致し方ないと思ってのことでございました。しかし、それにしても高池様が松平家のご家老でないというのが信じられません」

「おれの言うことを疑うなら、松平家にたしかめればよかろう」

「は、はい……」

「それからもうひとつ」

視線を膝許に向けていた彦右衛門は、さっと顔を上げた。

「深川の熊蔵だが、あの男、何度もこの店を訪ねてきているが、何か難題でも吹っかけられておるのではないか」

「そのこともご存じで……」

「そなたの倅が熊蔵の妾と過ちを起こし、それで揉めていたが、話し合いはすんでいるはずだ。それなのに熊蔵はこの店に出入りしている。また、あの男は井口屋の番頭・卯兵衛に意趣がある」

卯兵衛の名を口にしたとたん、彦右衛門の両眉が大きく動いた。伝次郎はその顔をじっと眺め、

「熊蔵は何の用があってここへ？」

「そ、それは」

彦右衛門は声をふるわせた。

「近江屋、他言はせぬ。困っていることがあるなら言うのだ」

彦右衛門は揃えた膝を両手で何度かわしづかみするように動かし、一度伝次郎から視線を外し、また戻した。

「じつは無理な相談を持ちかけられたのです」

彦右衛門はそう前置きをして、熊蔵が井口屋を潰し、この店の儲けを大きくする

という話をした。

「しかし、わたしはその気になりませんで、差し障りのないように断ったのですが、脅されまして……」

「どんな脅しだ」

「井口屋の卯兵衛さんは、無事にはすまないだろうと、そんなことを……」

いま考えるだけでも恐ろしいと、言葉を足した彦右衛門は、ぶるっと体をふるわせた。

「失礼いたします」

廊下から声があった。彦右衛門が応じると、

「粂吉さんという方が見えています」

という返事があった。

「おれの連れだ。呼んでもかまわぬか?」

「お通ししなさい」

彦右衛門はうなずいたあとで、知らせに来た店の者に返事をした。

待つほどもなく粂吉がやってきて、

「旦那、白壁町のあの屋敷にはもう誰もいません」

と、開口一番に言った。

「なに」

驚く伝次郎だが、彦右衛門もぽかんと口を開けていた。

二

「旦那、近江屋はまんまと七十両って大金を、高池三太夫という野郎に騙し取られたってことになりやすね」

粂吉が夜道を歩きながら顔を向けてくる。

「さようなことになるが、ずいぶん手の込んだことを……」

独り言のようにつぶやく伝次郎は、まだ頭の整理がついていなかった。

とにかく、白壁町の屋敷をたしかめたい。そのために近江屋から高池三太夫らが住んでいた白壁町の家に向かっているのだった。

「近江屋は亀山藩に、このことを教えなきゃならないんじゃねえですか」

「そうだな。高池らは偽の家老だったのだから、亀山藩の江戸留守居役に話したことはでたらめだった。そういうことになる。だが、なぜ、そんな嘘を高池は話したのだろうか？」

「さあ、それは……」

「亀山藩は譜代。そして、豊後府内藩も譜代。高池は石川家の当主を、老中に推挙すると言っている。嘘や法螺《ほら》だとしても大袈裟《おおげさ》過ぎはしないか……」

「亀山藩のお留守居役は、その話を真に受けたんでしょうかね。あっしには上つ方《うえつかた》のことはよくわかりませんで……」

たしかに真に受けたかどうか疑問である。もっとも彦右衛門はすべて聞いたわけではないと言った。高池三太夫は老中推挙にあたって断りを入れたのかもしれない。

とにかく、いまは件《くだん》の屋敷に高池らがいるかどうかである。

すでに夜の闇は濃くなっている。通りにある商家はどこも表戸を閉めてひっそりしていた。軒行灯のあかりは、夜商いの店のものである。

条吉が言ったとおり高池三太夫らが住んでいた屋敷に、人の気配はなかった。

「条吉、どうして住んでいないとわかった」

木戸門の前に立った伝次郎は粂吉を見る。

「近所の男です。この家の中間が家移りをすると言ったそうで。それに、住んでいた侍も朝早く出て行ったと言います。それで、あっしは声をかけてみたんですが、うんともすんとも返事がないんです」

伝次郎は木戸門の戸に手をかけた。拍子抜けするほどあっさり開く。しかし、玄関の戸には錠がかけてある。試しに声をかけたが、返事はなかった。

「近所の男は、どこへ家移りしたのか聞いていないのか」

「聞いていないと言いました」

伝次郎は星の浮かぶ空を見た。銀盆のような月は西のほうにある。

「近江屋から聞いたことがある」

伝次郎はそのまま表に出た。

「どこへ行くんです？」

「この屋敷に雇われていたおきみという女中がいる。その女中は三島町から通っていると、近江屋は聞いている」

「おきみを捜すので……」

伝次郎はそれには答えず、さっさと歩く。

おきみの住む三島町は、白壁町の少し北である。近くの自身番でおきみのことを訊ねたが、すぐにはわからなかった。

だが、夜廻りから帰ってきた番太が、

「それでしたら、勘太郎《かんたろう》店じゃないでしょうか。左官の女房が白壁町通いをしているというのを聞いたことがあります」

「その長屋はどこにある？」

伝次郎は詳しく聞くと、勘太郎店を訪ねた。

勘太郎店は表から奥まったところにある貧乏長屋だった。路地は暗く、赤子の泣き声や言い争いをしている夫婦の声が聞こえてきた。

おきみの亭主は吉助《きちすけ》という左官だった。破れ障子に接《つ》ぎをあてがった戸に、吉助というかすれ文字を見つけると、伝次郎は訪いの声をかけた。

「へえ、何でございましょう」

腰高障子を開けたのは、四十年増の気の弱そうな小柄な女だった。

「南町の者だが、もしやおきみというのはそなたか？」

「へえ、さようですが……」

おきみは臆病な兎《うさぎ》のように視線を動かして粂吉も見た。

「白壁町の高池三太夫の屋敷に勤めていたな？」

「へえ。飯炊きで雇われていましたけど、昨日暇を出されました」

寒いから戸を閉めてくれと、居間で酒を飲んでいた亭主が苦々しい顔を向けてきた。

「すまぬがすぐにすむ。それで、高池らがどこへ行ったか知らぬか？」

伝次郎が三和土《たたき》に入ると、後ろについている粂吉が戸を閉めた。

「さあ、それはわかりませんが、上屋敷に戻られたと思いますが……」

「高池がそう言ったのか？」

「いえ、それは聞いていません。昨日、家移りするので、明日から来なくていいと言われただけです」

おそらく高池らは余計なことはしゃべっていないだろう。それでも伝次郎は問いを重ねた。

「あの屋敷に住んでいた者たちが、どこの何者であるか知っているか？」

「……松平という豊後国のお殿様のご家来です。高池様はご家老様です。神木様は勘定役だと聞いていますけど……」

おきみはまばたきをしながら答え、ちらりと亭主を振り返った。

「高池と神木の他に、あの家に出入りしていたのは何人だ？」

「出入りはありません。住んでいる人たちばかりです」

「その数は？」

「何でそんなことをお訊ねに……」

「あの者たちが府内藩松平家の者ではないからだ」

へっと、小さな声をこぼしておきみは驚いた。

「何人が住んでいた？」

「省助《しょうすけ》さんというお中間を入れて八人でした。省助さんは豊後からご家老様といっしょに来たと言っていましたけど、ご無礼だろうと思ってあまり立ち入った話はしていませんし、皆さんもわたしに用を言いつけるときぐらいしか話しませんで……。座敷で話し合われるときは人払いされましたから」

「おまえさん、どこであの屋敷に雇われたんだ？」

条吉だった。

「近所の桂庵《けいあん》から声をかけられたんです。いい口があるからどうだって。それで訪ねていくと、すぐに雇われたんですけど。まさか、あの人たちが悪さを……」

おきみは不安そうな顔をして、眉尻を下げる。

「そういうことではない。雇われたのはいつのことだ？」

「三月ほど前です」

「高池らがどんな話をしていたか、何か聞いておらぬか。どんなことでもいい。気になることを聞いているなら教えてくれ」

おきみは短く視線を彷徨《さまよ》わせ、ついで小首をかしげながら、

「気になる話なんて、何にも聞いていません」

と、自信なさそうに言う。

伝次郎はその他にもいくつか訊ねたが、とくに気になる話は聞けなかった。

三

石町《こくちょう》の鐘が空をわたってしばらくたったときだった。

すでに町木戸は閉められている。井口屋の番頭・卯兵衛は、小網町三丁目にある「紅葉屋《もみじや》」という居酒屋からの帰りだった。

酒で体は火照《ほて》っているはずなのに、この時季の風の冷たさはやはり尋常ではない。提灯を持つ手を袖のなかに引っ込め、肩をすぼめるようにして歩く。吐く息が白いのがわかる。

崩橋をわたっているとき、二人の侍とすれ違った。相手も提灯を提《さ》げており、自分を見る目が剣呑《けんのん》だったので、卯兵衛は商家の番頭らしく、ぺこりと小さく頭を下げた。

相手は見下したような視線を向けただけで、そのまま歩き去った。

「ふう」

小さく息を吐く。

心のなかで「侘《わび》しいものだ」と、つぶやく。首を振り、それも自分の至らなさだと、いまになって悔やむのだが、悔やんだところでどうしようもないことだった。何度も頭を下げて出て行った女房を連れ戻そうと考えたが、もう相手にはその気がないのはわかっている。

(博打さえやらなきゃ……)

心底思うのである。

女房に愛想を尽かされたのは博打のせいだった。給金の大半を賭場で使い、女房には切り詰めるだけ切り詰めさせた。

質素な暮らし、倹約が一番だと都合のいいことを言いながら、自分は博打に手を染め、負けが込めば、それを取り戻そうと、また金をつぎ込んだ。気がついたときには、借金だけが増え、店からは前借りをする始末だった。

改心しなければならないと、本気で思ったときには遅かった。我慢に我慢を重ねていた女房の堪忍袋の緒《お》はその前に切れていた。

(また、今夜もあの寒々しい家に帰って、冷たい布団にもぐり込むだけか……)

また、ため息が出る。

橋をわたり箱崎町一丁目の角を左に折れる。暖簾を下ろし、掛行灯も消してあるが、腰高障子にあかりがある。人の声も聞こえてくる。

小さな居酒屋だ。三十年増のあまり器量がいいと思えない女がやっている店だ。卯兵衛は入ったことはないが、一杯だけ飲んでいこうかどうしようか迷った。

（いけない、いけない）

卯兵衛はかぶりを振って自分を戒める。店の女中に、番頭さん、またお酒くさいですよと、言われる。たまにだったらいいだろうが、始終そうだと大番頭に告げ口されて目玉を食らいそうだ。

卯兵衛は主の正右衛門《まさえもん》より、大番頭の多兵衛《たへえ》が苦手だった。先代から勤めている狸《たぬき》親爺だ。いや、あの顔だから狐親爺かと、胸の内で言い換えて苦笑する。

自宅長屋はもう目と鼻の先だった。木戸口に近づいたとき、背後に人の気配があった。卯兵衛が振り返ると、すぐそこに黒い影があり、自分の懐に飛び込むようにぶつかってきた。

「あっ……」

小さな声を漏らしたとき、腹のあたりに妙な感触があった。黒い影は抱きつくようにして、腹のあたりを動かしていた。刺されたと気づくのに少し時間がかかったが、もうそのときは体から急速に力が抜けていくだけで、声も出せなかった。ただ、必死に相手の体にしがみつこうとしていた。だが、それもできなくなり、ずるずると膝から崩れ落ちていくしかなかった。

近くで悲鳴があがったような気がしたが、卯兵衛の意識はそこで遠のいた。

四

伝次郎が松田久蔵に呼び出されたのは、翌朝、千草が食事を調えたばかりのときだった。

「どこへ行けばよいのだ」

伝次郎は使いに来た久蔵の小者・貫太郎《かんたろう》に聞いた。

「箱崎町の番屋です」

「殺されたのは誰だ」

「井口屋という醤油問屋の番頭です」

「なに、まさか卯兵衛では」

「さようで。なんでわかるんです？」

伝次郎はそれには答えずに、

「千草、出かける。与茂七、刀」

伝次郎はそのまま寝間に行って急いで着替えをした。その間に、与茂七が大小を持ってくる。

「人殺しですか？　旦那さん、おれにも手伝えることがあったら言ってください」

伝次郎は帯を締めて、与茂七を見る。

「おぬしは仕事を見つけるのが先だ。こんなことに首を突っ込みたがるんじゃない」

ぴしりと言ってやると、与茂七は亀のように首をすくめて刀を差し出した。

伝次郎はそのまま家を飛び出した。迎えに来た貫太郎が小走りに先を行く。道には霜柱が立っており、二人が足を動かすたびにしゃりしゃりと音がする。

吐く息は白い筒となっていて、河岸道は薄い川霧に包まれていた。

「これが、そうだ」

箱崎町の自身番に着くなり、久蔵が顔を向けてきた。土間脇に菰《こも》を被せた死体があった。伝次郎はしゃがんで菰をめくり顔を拝んだ。

「井口屋の番頭・卯兵衛に間違いないので……」

伝次郎はしゃがんだまま久蔵を見上げる。

「さっき店の者が来てたしかめたばかりだ」

伝次郎は死体の傷をあらためた。腹を深く刺されている。おそらくひとたまりもなかっただろう。

「誰が見つけたんです？」

伝次郎は立ち上がって聞いた。久蔵は自身番に詰めている書役《かきやく》を見る。

「卯兵衛さんと同じ長屋に住んでいるおさきという女房です」

「長屋はどこだ？」

「この近所だ。文八《ぶんぱち》長屋という。それより、仏さんが後生《ごしょう》大事に持っていたものがある」

久蔵が答えて、煙草入れを上がり口に置いた。

それは「ひとつ提げ」と呼ばれる煙草入れだった。刻みを入れた袋を根付けで帯に挟んで下げるものだ。根付けは一文銭を象《かたど》った銅製で、緒締めはまるい珊瑚《さんご》、袋の留め具は真鍮《しんちゅう》で蛙《かえる》を彫ってあった。

「刺されたときに下手人の腰にしがみついて、つかんだまま倒れたんだろう。下手人も慌てていただろうから、煙草入れには気づかなかった。おそらくそういうことであろう」

「おさきに話は？」

「ざっと聞いてある」

「松田さん、これは深川の熊蔵の仕業かもしれません」

「なに」

久蔵は眉根を寄せた。

「熊蔵と井口屋の卯兵衛には因縁があるんです」

伝次郎は川政の政五郎から聞いた種（情報）を話してから、言葉をついだ。

「それだけではありません。熊蔵は新川にある近江屋に悪だくみを持ちかけているんです。近江屋はその話を断っていますが、熊蔵はそれが気に入らなかったのか、卯兵衛にもしものことがあったら近江屋のせいだと脅してもいます」

「それじゃ熊蔵の野郎……」

久蔵は短く宙の一点を見据えて思案したあとで、伝次郎に顔を戻した。

「頼まれてくれないか」

「なんでしょう」

「この一件、おぬしに預けたいのだ。というのも、手の放せぬ探索の最中なのだ。他の同心に譲ってもよいが、みんな忙しいのはわかっている。それはおぬしも同じだろうが、嫌疑人がわかっているのだから……」

久蔵はさほど手のいる調べではないだろうと、そう言いたげな顔をする。

「……承知しました。やりましょう」

伝次郎は短く思案したあとで答えた。久蔵には世話になっているし、近江屋に絡む面倒事はすぐ片付きそうにもない。請け合うしかなかった。

「すまぬが頼む」

久蔵は軽く黙礼をすると、そのまま自身番を出ていった。

「井口屋の主と下手人を見たという、おさきに会わなければならぬな」

伝次郎は上がり口に腰を下ろして、独り言のように言ったあとで、

「すまぬが、おれの手先を呼んできてもらいたい」

と、詰めている番人に粂吉の長屋を教えてやった。その番人が自身番を出ていくと、

「それでこの仏はどうするのだ。井口屋は引き取りに来ないのか？」

と、書役を見た。

「引き取ってもらうことになっているのですが、もうよろしいので？」

「いいだろう」

答えた伝次郎は、おさきの長屋を教えてもらい、ぽんと膝をたたいて立ち上がった。

卯兵衛は箱崎町二丁目にある文八長屋の住人だった。昨夜の一件を見たというのは、同じ長屋に住むおさきという女房で、乳飲《ちの》み子を背負っていた。

「井戸端にいたときに見たんです。もう、心の臓が凍るほど驚きまして、あたしも殺されるんじゃないかと、おっかなくておっかなくて……」

おさきは背中の赤子をあやしながら、胸のあたりを片手でなで下ろした。

「何刻頃だった」

「四つを過ぎてましたが、四つ半にはなっていなかったはずです。それで、あたし人殺しと目が合ったんですよぅ。でも、そのままどっかに行っちまって」

「顔は見たか？」

「暗くて見えませんでした。でも、若かったと思います。背は卯兵衛さんと同じぐらいで、痩せていたように見えました」

「そやつの近くに誰かいなかったか？」

おさきは大きな目をみはったまま、首を横に振った。

「卯兵衛が悶着を起こしていたようなことはなかっただろうか」

「それはないと思います。愛想のいい人で、井口屋という大店の番頭さんだから礼儀正しくて。揉め事を起こすような人には見えませんでした」

下手人がどんな着物を着ていたか聞いたが、おさきは気が動転していたのだろう、まったく覚えていないという。

殺しの場を見たおさきは、一度家のなかに引っ込み、それから亭主を連れて木戸口まで行って、殺されたのが卯兵衛だと知ったのだった。

伝次郎は念のために卯兵衛の家を見たが、下手人につながるようなものはなさそうだった。文八長屋を出ると、井口屋に足を向けた。

霧は晴れ、雲の切れ間から光の束が地上に射していた。頭上には寒々しい冬の空が広がっている。

伝次郎は歩きながら、昨夜のことを悔やんだ。もし、白壁町の屋敷を見に行かずに、卯兵衛に忠告をしておけば殺されずにすんだかもしれない。

(先に卯兵衛に会うべきだった)

そう思っても、もはやどうすることもできない。

五

「驚いたのは申すまでもありませんが、まさかこんなことになるとは……」

井口屋の主・正右衛門は眉根をたれさせて、心底悲しそうな顔をした。

「嫌疑人の見当はついているが、人違いということもある。卯兵衛を恨んでいたり、また卯兵衛が厄介ごとを抱えているようなことはなかっただろうか。どんなことでもよいから、知っていることを教えてくれ」

「仕事のできる番頭だったのですが、博打癖がありました。わたしは何度もたしなめたのですが、当人はやめられなかったのでしょう。おいちさんという女房がいたんですが、卯兵衛の博打癖に懲りて離縁しています。そのときはずいぶん塞《ふさ》ぎ込んでいました。それで独り暮らしになって改心したのか、悪い癖は直ったはずなんです」

「深川の熊蔵一家と悶着を起こしていたのは知っているか？」

「へっ」

正右衛門は小さな目を見開いてまばたきをした。知らなかったようだ。

「熊蔵の賭場で借金を作って、ご番所に密告《つう》じたらしいのだ。それで熊蔵はお縄になりそうになったが、叱りですんでいる。だが、熊蔵がそれでおとなしく引っ込んでいるとは思えないし、悪だくみを近江屋に持ちかけている」

「近江屋さんに、悪だくみ？」

「この店を潰すという話だ。井口屋が潰れれば、近江屋がその分儲かるからな。だが、近江屋は断ったんだ。そのとき、熊蔵は卯兵衛がどうなるか知らないと脅している。熊蔵は自分が本気で考えているというのを、わからせたかったのだろう」

「恐ろしいことを……」

井口屋は、とがった喉仏を動かしてつばを呑んだ。

「だが、まだ熊蔵の仕業だという証拠《あかし》はない。卯兵衛に恨みを持っているような者はいないだろうか？」

伝次郎はじっと井口屋正右衛門を見つめる。井口屋は視線を彷徨わせて思案した。

そこは帳場裏の小座敷で、台所のほうから女中の話し声が聞こえてくれば、表から手代と小僧のやり取りも聞こえていた。

「いやあ、思いあたることはございません」

思案をしていた正右衛門はそう答えた。

そのとき、帳場から奉公人が声をかけてきた。

「お話し中、失礼いたします。卯兵衛さんの遺体はどこに置いたらよいでしょう」

「少しお待ち」

正右衛門が答えると、伝次郎は、

「何かと忙しいであろう。また何かあったら訪ねてくる」

と言って、腰を上げた。

井口屋の表に出たとき、粂吉と出会った。

「卯兵衛が殺されたらしいですが……」

「さようだ。昨日、卯兵衛に会っておくべきだった」

伝次郎は苦虫を噛みつぶしたような顔で首を振る。

「やっぱり熊蔵でしょうか……」

「わからぬが、やつと考えてもいいだろう。もちろん直《じか》に手を下したのは子分だろうが……」

「熊蔵に会うので？」

「いまは様子を見る。やつだという証拠《あかし》はない。それに下手に近づけば、やつは下手人を逃がすか、匿《かくま》うはずだ」

「どうします？」

伝次郎は少し歩いて、湊橋のそばにある茶屋に入った。

「いろいろ考えなければならぬことがある。昨夜はそのことを考えていて、なかなか寝付けなかったのだ」

「考えとおっしゃいますと……」

「府内藩松平家の家老を騙った高池三太夫らのことだ」

「……」

「何故、亀山藩の藩主を老中に推挙するような話をしたかだ。大法螺にしては、亀山藩の抱屋敷で密談をするという手の込んだことをやった。しかも、相手は亀山藩石川家のご家老とお留守居役だ」

「そこには近江屋も同席していました」

「さよう。だが、近江屋を同席させたのは、亀山藩の借金を返済させるためだった。その話がすんだあと、近江屋は席を外させられているからな。石川家のお殿様を老中に推挙するという話は、そのあとでされている」

「それが嘘だとしても、高池らに何か得することがあるってことですかねぇ」

粂吉は腕を組んで首をひねる。

「何の得があるのか、それがわからぬのだ。しかし、近江屋の件では一役買っている」

「近江屋が貸金の一部を石川家から返してもらったってことですね。ですが、高池らは近江屋から七十両をまんまともらい受けてどろんです」

その言葉を聞いた伝次郎は、はたと頭に浮かんだことがあった。

「粂吉、ひょっとすると高池らは近江屋から金を都合するために、一芝居打ったのかもしれぬ」

「そうだとしても、わざわざ石川家のお留守居役とご家老を呼び出すというのは、どうなんでしょう。芝居が大がかりです」

たしかにそうである。旗本でもなければ、府内藩松平家の家老でもない男が、大名家の重臣に会うというのが解せない。

(老中……)

伝次郎は胸中でつぶやき、亀山藩石川家の当主が老中職を欲しているのだろうかと考えた。もし、そうであれば猟官《りょうかん》運動を怠《おこた》りなくやり、将軍の信任を受けなければならない。伝次郎は幕閣《ばっかく》のことには詳しくはないが、そういったことを耳にしている。

そこまで考えが至ったとき、伝次郎は奉行の筒井政憲から聞いた話を思い出した。松平家の実権は、隠居している松平近儔という元藩主が握っているという。その近儔の藩政に逆らった者がいた。

家老職にあった高岡将監と、小柳小四郎という家臣だ。その二人は牢固として狷介な人物だという。

さらに筒井は、松平家の江戸留守居役を暗殺したのは、その二人の仕業だったのではないかと推量した。

もし、その推量があたっていれば、松平家にまた新たな不幸が起きるかもしれない。そして、その暗殺者が高岡将監と小柳小四郎なら……。

伝次郎はかっと目をみはった。もし、その二人の仕業なら偽名を使って江戸に潜伏しているはずだ。

（それが、高池三太夫と神木孫九郎なら……）

「旦那どうしました？」

伝次郎の異変に気づいた粂吉が声をかけてきた。

「粂吉、松平家のお留守居役暗殺を調べているのが誰かわかるか？」

「わかりませんが、調べはつきます」

「よし、その調べを頼む。それから、松平家で改易になった高岡将監という家老と、小柳小四郎という人がいる。その二人の人相を知りたい。調べられるか？」

「大名家のことですから、それは何とも……」

「府内藩の目付が動いてるはずだ。その目付に会えば、わかるやもしれぬ」

「どこまでできるかわかりませんが……。で、井口屋の卯兵衛殺しはどうするんです？」

「考えがある」

伝次郎はすっくと立ち上がった。

「粂吉、連絡《つなぎ》の場は箱崎町の番屋だ」

「承知しました」

粂吉と別れた伝次郎は、そのまま自宅屋敷に足を急がせた。ようやくこれまでわからなかった謎が解けそうな気がして、にわかに胸の高鳴りを覚えていた。

自宅屋敷に戻ると、与茂七が庭で薪割りをしていた。諸肌《もろはだ》を脱いで、汗をしたたらせている。ほう、感心なと思いながら、伝次郎は声をかけた。

「与茂七、話がある」

薪割りに夢中になっていた与茂七は、

「旦那さん、お早いですね」

と、笑みを浮かべ、手の甲で顎《あご》の汗を拭った。

「おぬし、深川の熊蔵という男を知っているか？」

「熊蔵親分は知りませんが、子分なら何人か知っていますけど……」

「まさか、一家の世話になっていたのではなかろうな」

「とんでもない。付き合いなんかないですよ」

「ならば助をしてもらおう」

突然のことに、与茂七は二度まばたきをして顔を輝かせた。

六

近江屋彦右衛門は、落ち着かなかった。

帳場に近い、裏庭に面した自分の座敷で、立ったり座ったりを繰り返していた。

「どうしたものか……」

思わず声が漏れる。

ぬるくなった茶に口をつけると、すっくと立ち上がり、障子を開けて縁側に立つ。

庭の南天の実をついばんでいる目白《めじろ》が小さくさえずっている。

早くしろ、早くしろといっているように聞こえる。腕組みをして、澄みわたった空を仰ぎ見て長息《ちょうそく》する。

（やはりお知らせしなければならないだろうな）

と、内心で独白する。

焦燥《しょうそう》に駆られているのは、高池三太夫に騙されたという思いである。彦右衛門は、三太夫が府内藩松平家の家老だと信じ込んでいた。

しかし、沢村という町奉行所の役人は、高池三太夫という家老は府内藩にはいないと言った。町奉行所の役人がそう言うのだから、間違いはないはずだ。

しかし、三太夫には世話になった。三太夫の仲介の労があって、亀山藩に都合した御用金の一部が、これまでの利子とともに返済されたのだ。もっとも七十両を騙し取られた恰好ではあるが、

（ほんとうに高池様は松平家のご家老様ではなかったのだろうか？）

という疑問が胸の内でくすぶっている。

しかし、もう高池三太夫は白壁町のあの屋敷にはいない。家来共々姿を消してい

る。彦右衛門は伝次郎の小者・粂吉の言ったことがすぐには信じられず、小僧を使いに出して白壁町の屋敷を訪ねさせた。そして、戻ってきた小僧は言った。

「旦那さん、あのお屋敷にはもう誰もいません。家移りをされたそうです」

それを聞いて、沢村伝次郎の言ったことは、ほんとうだったのだと思い知った。

そのことを彦右衛門は、亀山藩石川家に知らせなければならない。しかし、知らせると用立てた御用金の残りの返済が、また滞るかもしれない。悩むのはそこだった。

だからといっていつまでも黙っているのはよくない。高池三太夫は石川家のお留守居役とご家老に、藩主を老中に推挙すると話している。いまとなっては、それは真っ赤な嘘ということになる。

なぜ、そんなことを高池三太夫が話したのか、その真意はわからないが、石川家には知らせるべきだ。

(やはり、黙っていてはいけない)

彦右衛門は思いを決めると、帳場に行って小僧に声をかけた。

「朝吉《あさきち》や、出かけるからついてきておくれ」

「どちらへお出かけですか？」

帳場に座っていた大番頭の喜兵衛が顔を向けてきた。

「石川のお殿様のお屋敷だよ。どうしてもお伝えしなければならないことがあってね」

「……では、お気をつけていってくださいませ」

喜兵衛は文机に顔を戻して、算盤をじゃーっと鳴らした。


「ほら、あの男だよ。縦縞の着物を着ているやつ」

与茂七は加藤竹斎《かとうちくさい》という絵師に教える。

「右の男だね」

「早くしねえと行っちまうよ」

与茂七は急《せ》かすが、竹斎はじっと縦縞の着物を着ている男に目を注いでいる。小太りの男と歩いているのだが、もう背中しか見えなくなった。

「行っちゃったじゃねえか」

与茂七が視線を戻すと、竹斎は余裕の体で絵筆を半紙に走らせる。するすると、人の顔がそこに描かれていく。

与茂七はその鮮やかな筆さばきを、目をまるくして眺める。

「へえ、大したもんだねぇ」

感心顔で言ったとき、似面絵《にづらえ》はほぼ出来上がっていた。

与茂七は熊蔵一家の子分の何人かを知っているので、伝次郎から、絵師をつけるからいっしょに深川に行って、知っている男の似面絵を作ってこいと頼まれたのだった。

井口屋という商家の番頭を殺した下手人捜しの手伝いである。もうそれだけで与茂七の心はわくわくしている。

——与茂七、言っておくが、決して相手に気取られるな。

と、伝次郎に忠告されている。相手はやくざである。見つかりでもしたら、どうなるかわからない。

「こんなもんだろう」

竹斎が描き上げた似面絵を掲げた。

与茂七は目をまるくした。

「そっくりだ。やっぱり絵師っていうのは伊達《だて》じゃねえんだね。へえ、大したもんだ」

与茂七はためつすがめつ似面絵を見て感心する。

二人がいるのは、深川馬場《ばば》通り一の鳥居の脇を入った道にある飯屋の片隅だった。そこから熊蔵の家が見えるのだ。

「与茂七さん、茶をもらってきておくれ。喉が渇いた」

「お安いご用だ」

与茂七は板場のそばへ行って、暇そうにしている女将から急須《きゅうす》を受け取って戻ると、竹斎の湯呑みについでやった。それからふいと顔を上げて、熊蔵の家を見ると、また戸口から出てきた男がいた。

「あ、また来た。あの野郎も描いてくれ」

「ほう、あの男かね。ずいぶん人相が悪いね」

竹斎は絵筆をつかんで、出てきた男に目を注ぐ。天気はいいが、空気は肌を刺すように冷たい。それでも、男は胸元を広げ、肩で風を切るようにして歩いてくる。

「それにしても憎たらしい顔してやがる。ありゃあ人殺しの顔だね」

与茂七がつぶやけば、竹斎はまったくだと言って筆を走らせはじめた。

七

伝次郎は昨夜殺された卯兵衛の足取りを調べていた。

卯兵衛が井口屋を出たのは、六つ半（午後七時）頃である。その後、どこへ行ったか調べるのに手こずったが、小網町三丁目にある紅葉屋という居酒屋で飲んでいたのがわかった。

「もう、殺されたと聞いてびっくりしていたんです。それもうちの店を出たあとのことだったようで……」

紅葉屋の女将は会うなり、そんなことを口にして肩を小さくすぼめた。

「卯兵衛はひとりで飲んでいたのだろうか？」

「いつもあの人はひとりで来て飲んでいます。味わうように酒を飲む人で、酔ったのを見たことがありませんね」

女将はほつれている耳許の髪をいじりながら言う。化粧ののりの悪い三十年増で、目尻のしわが深かった。

「連れはいなかったんだな」

「いませんでしたよ」

「普段来ない客がいたとか、店の近くで見慣れない男を見たとか、そんなことはないか？」

「昨夜は贔屓《ひいき》の客ばかりでした。店の近くに、怪しい人がいたかどうか……」

女将は首をかしげながら、気づかなかったと言った。

「卯兵衛が店を出たのは何刻頃だ？」

「四つ（午後十時）の鐘を聞いた頃です。それはよく覚えています」

殺しの場を見た長屋のおさきも、四つを過ぎてしばらくたった頃だったと言っているので、この証言は納得できる。

つまり、卯兵衛は紅葉屋を出て、まっすぐ自宅長屋に帰ったということになる。

伝次郎は女将と別れると、紅葉屋から卯兵衛の長屋まで歩いた。卯兵衛殺しの下手人は、卯兵衛を待ち伏せしていたか、尾けていたはずだ。尾けていれば、誰かが見ているかもしれない。

そのことを念頭に、木戸番小屋の番人や、紅葉屋から卯兵衛の長屋までの途中にある夜商いの店へ聞き込みをした。

あやしい男を見たという者がいた。

霊岸島川口町にある栄《さかえ》稲荷をねぐらにしている、伊助《いすけ》というものもらいだ。

「あんまり寒いんで、体が温まるまでその辺をうろついてたんです。臭《くせ》えからあっちへ行けと、ひでえこと言いやがるやつがいましてね。それで、そいつのことを暗がりから見ていたんです。やつぁ、猫背になって足踏みしながら誰かを待っているようでした。文八長屋のほうを見ていたり、通りを眺めたりと……」

「その男の顔を見たか？」

「へえ。番小屋の行灯のあかりがあったんで、見ましたよ」

伝次郎は目を光らせた。

「そやつの顔を覚えているか？」

「昨夜のことです。会えばすぐにわかりますよ」

「伊助、これは酒手《さかて》だ。好きなものを食え。だが、もう一度おまえに手伝ってもらう。どこに行ったらおまえに会える？」

「おりゃあ、昼間は栄稲荷か永久《えいきゅう》稲荷にいますよ。へへっ、旦那、遠慮なくもらいますぜ」

伊助は嬉しそうな顔で洟《はな》をすすって、もらった小粒（一分銀）を懐に入れた。

条吉が箱崎町の自身番にやってきたのは、伝次郎が一通りの聞き込みを終えた夕暮れだった。

「旦那、往生《おうじょう》しましたが、松平家の目付に会うことができやした。それで先に言いますが、高池三太夫と名乗っていた侍は、改易になった高岡将監という元家老に似ています」

伝次郎は「やはり」と、胸中でつぶやく。条吉はつづけた。

「それで、あっしが神木孫九郎の顔立ちや年の頃、体つきを話しますと、小柳小四郎という元家来に似ていると言うんです。小柳は連座で高岡将監といっしょに改易された男です」

伝次郎はもう間違いないと確信した。

高池三太夫は元松平家の家老・高岡将監で、神木孫九郎は小柳小四郎なのだ。

「それで、目付は高池三太夫らの行方をつかんでいるのか？」

「何もつかんでいません。もし、何か手掛かりをつかんだら教えてくれと逆に頼まれやした。それで、お留守居役殺しの調べをしているのは、北町の大木《おおき》という旦那なんですが、目付が何かとうるさくて探索が捗《はかど》らないと嘆いていやした。いちいち口を出してくるそうなんですよ」

「調べはどこまで進んでいるのだ」

「さっぱりなようです。お留守居役が襲われたとき、駕籠舁きと二人の小者がいたんですが、その四人は逃げています。その者たちも、襲ってきた男たちの顔を見ていませんし、その数も五人だったとか六人だったとか曖昧《あいまい》なことしかわかっていないそうで……」

伝次郎は宙の一点を見据えて、どうやったら高池三太夫こと高岡将監らを捜せるだろうかと考えた。

「旦那、どうするんで？」

粂吉が伝次郎の思考を中断させた。

「卯兵衛殺しの件もあるが、お留守居役殺しも調べなければならぬだろう」

「大名家のことですよ」

「わかっている。だが、下手人は大名家の者とはかぎらぬし、殺しは市中で起きている。さらに、高池三太夫と騙《かた》った高岡将監は、いまや浪人身分だ。もし、そやつらの仕業なら、なおさら放っておけることではない」

「たしかに。それじゃ、どうしやす」

「待て、そろそろ与茂七が来るだろう。少し待ちたい」

「旦那の家に居候している男ですね」

「そうだ」

伝次郎と粂吉は番人が淹れてくれた茶を飲んで、与茂七を待った。

腰高障子にあたっていた夕日が翳《かげ》り、自身番のなかに行灯が点されたとき、与茂七がやってきた。なんだか手柄でも立てたような笑みを浮かべていた。

「旦那さん、ちゃんとやってきました。それにしても絵師ってぇのは絵がうまいんですね。驚いちゃいましたよ」

「それより似面絵だ」

「ここにあります」

与茂七は懐から似面絵の描かれた半紙を出した。十数枚あった。伝次郎はそれにざっと目を通すと、

「与茂七、川口町の栄稲荷に伊助という男がいたら、ここに連れてこい。条吉、おまえは永久稲荷に行ってくれ、そっちに伊助がいるかもしれぬ」

指図を受けた与茂七と条吉は、すぐに自身番を飛び出していった。

それから待つほどもなく、与茂七が伊助を連れてきた。

「伊助、このなかに昨夜見た男に似た絵はないか」

伝次郎は伊助に似面絵を広げて見せた。伊助はものめずらしそうに、半紙を一枚一枚手に取って見ていく。

伝次郎は伊助の反応を食い入るように見ていた。そして、伊助は一枚の似面絵を持ったまま伝次郎に顔を向けた。

「この野郎が似てます」

伝次郎は顔を引き締めた。

第六章　目撃

一

伝次郎たちは深川に来ていた。

馬場通りは一の鳥居近くだ。熊蔵の家は、表通りから脇道に入ったところにある。その脇道はもう一本北側の道にも通じている。

「粂吉、伊助を連れて裏を見張ってくれ」

指図を受けた粂吉はものもらいの伊助を連れて、北側の道に移動した。伊助は卯兵衛殺しの下手人と思われる男の顔を覚えている。もう似面絵はいらない。

伝次郎はその似面絵を頭に刻み込んで、見張りを開始した。だが、今日はその男の住まいと名前を探るだけのつもりだ。

たしかに卯兵衛を殺したという証拠はない。たまたま殺しのあった時刻近くに、箱崎町にいたというだけのことだ。

だが、その男がこの持ち主なら、もう間違いはないと、懐に入れている煙草入れを片手で押さえた。

伝次郎は寒さをしのぐために小さな飯屋に入って、見張りをつづけていた。もうすでに店の商売は終わっており店内は暗い。板場の奥が若夫婦の住まいになっており、女房が茶を運んできて、探索の労をねぎらった。

「すまぬな。迷惑であろうが、勘弁してくれ」

「いいえ、旦那のお役に立てることでしたら遠慮はいりません」

女房は長い睫毛《まつげ》を伏せるようにして言うと、そのまま下がった。

格子窓にはめ込まれた障子を細く開けて、熊蔵の家につづく脇道の入り口に目を注ぎ、ときどき手許の似面絵を忘れないように見る。

卯兵衛殺しの下手人捕縛もあるが、伝次郎は近江屋を利用して七十両をまんまと騙し取った高池三太夫らのことも考えていた。

高池三太夫こと高岡将監が、府内藩の元家老ならまだ何か狙っているはずだ。江戸留守居役を暗殺しただけで、改易に処せられた恨みを晴らしたとは思っていないだろう。

つぎなる犠牲者が出る可能性は高い。それは未然に防がなければならない。高岡将監らは、すでに浪人身分。藩目付が動いていたとしても、市中の治安は町奉行所の管掌《かんしょう》するところだ。

（しかし、どうやって捜すか……）

それが問題だった。

伝次郎は表に目を注ぎながら考える。すでに五つ半（午後九時）は過ぎているだろうか。人通りは少ない。熊蔵一家のある脇道には二軒の居酒屋があり、掛行灯がぼんやりしたあかりを点している。

その脇道から出てきたり、入ったりする男や女が何人かいた。

そのなかに、伊助が見た男はいなかった。また女は、このあたりで商売をやっている岡場所の女郎のようだった。

（うん……）

伝次郎が目をみはったのは、すぐそばに立った男の姿を見たからだった。

与茂七だった。

（あやつ、なにをしに……）

箱崎町の自身番から家に帰したはずだが、すぐそばに立っている。誰かを捜すようにあたりに視線をめぐらしてもいる。自分を捜しているのだと悟った伝次郎は、腰を上げて、店の戸口に移り、

「与茂七、何をしている」

と、戸を小さく開けて低声《こごえ》で呼びかけた。与茂七が振り返って、はっと目をみはった。

「こっちへ来い、入るんだ」

伝次郎の緊張した声に応じて、与茂七がやってきた。入れと言って店のなかにうながすと、

「何をしておるんだ。家に帰ったはずだろう」

と、叱責《しっせき》口調で言った。

「様子を見に来たんです。だって、じっとしておれないでしょう」

「千草に止められなかったのか？」

「こっそり縁側から抜け出してきたんです」

与茂七は悪びれたふうもなく、ぺろっと舌を出す。

「まったく……」

伝次郎があきれたように舌打ちすると、与茂七は助をさせてくださいよと、ねだるような顔をする。

「おれは伊助が見た男ならすぐわかるんです」

伝次郎はそういう与茂七をまじまじと見る。

「まさか、どこに住んでいるか知っているというのではなかろうな」

「そこまでは知りませんが、あの野郎は何度も見かけてんです。近寄りたくねえ男なんで、話したことはありませんが……」

伝次郎は少し考えてから言った。

「よかろう。だが、見つけたからといって無茶をされたら困る。おれに教えるだけでよい。わかったな」

「へへっ、まかせてくださいよ」

与茂七は自信たっぷりだ。

しかし、下手人とおぼしき男があらわれることはなかった。すでに四つを過ぎ、闇は濃くなっている。熊蔵一家の近くにある居酒屋の行灯も、いつしか消えていた。

「あ、あいつだ」

与茂七が目をみはったのは、四つ半（午後十一時）頃だった。

伝次郎も与茂七が注視する男を見た。二人いる。

「どっちだ」

「右の野郎です」

伝次郎はその男を凝視したが、すでに背中しか見えなかった。ひとりが提灯を提げており、もうひとりはがに股で歩きながら、熊蔵の家のある脇道に入って見えなくなった。

「出るぞ」

伝次郎は急いで飯屋を出ると、小走りになった。馬場通りから脇道に入ったとき、与茂七の言った男が、ちょうど木戸口に消えるところだった。

「どうするんです？」

与茂七が隣に来て聞く。

「待つ」

そういった伝次郎はまわりを見まわした。身を隠せそうな路地がある。

「与茂七、この道の先へ行って条吉を捜してきてくれ。おそらく条吉が気づくはずだ」

「へい」

与茂七はすぐに去った。

伝次郎は長屋と長屋の間にある細い路地の暗がりに入って、手をこすり合わせ、肩をすぼめた。足の指先が冷たくなっていて、じんじんする。

ほどなくして与茂七が、条吉と伊助を連れて戻ってきた。

「伊助、おまえはもう帰ってよい。世話になった」

伝次郎は心付けをわたして伊助を帰した。

それからすぐのことだった。熊蔵の家の戸が開いて、二人の男が出てきた。伝次郎と条吉、そして与茂七は、その二人をじっと見た。

さっきと違い、二人とも提灯を提げていた。

「与茂七、右の男か？」

伝次郎の問いに与茂七がそうだと低声《こごえ》で応じる。

「尾ける」

二人の男が馬場通りに出たところで、伝次郎は暗がりから出た。二人の男は馬場通りを東のほうへ歩いていた。富岡八幡《とみがおか》のあるほうだ。

しかし、二人は途中で別れた。卯兵衛殺しの嫌疑人は摩利支天横町《まりしてんよこちょう》に入り、もうひとりはまっすぐ歩き去った。

「別れましたよ」

粂吉がつぶやくように言う。

「粂吉、与茂七、おまえたちは横町に入ったやつがどこに行くか突き止めろ。わかったら、あの横町の入り口で待て」

「旦那さんはどうするんです？」

与茂七が顔を向けてくる。

「おれはあやつから話を聞く」

伝次郎は馬場通りをまっすぐ歩いている男をそのまま追った。

提灯で足許を照らしながら歩く男は怒り肩で、見るからに頑丈《がんじょう》そうな体つきだった。伝次郎は徐々に距離を詰め、男が三十三間堂《さんじゅうさんげんどう》西側の道に曲がったところで声をかけた。

二

「しばらく」

声に反応した男は、振り返るなり提灯を掲げて見てきた。伝次郎は黙したまま近づいて立ち止まった。

「沢村と申す。おぬしに訊ねたいことがあるのだ」

「どこの何もんだ」

「あやしいものではない。教えてもらいたいのだ」

「何をだ」

男は眼光を鋭くし、首を小さく倒して、こきっと骨を鳴らした。

「その前におぬしの名は？」

「そんなこと聞いてどうする?」

「言えぬか。ならばよい。拾い物をしてな。もしやおぬしが持ち主を知っているのではないかと思ったのだ。これなんだがな」

伝次郎は懐から例の煙草入れを出した。男はのぞき込むように見て、ぴくりと眉を動かした。

「こりゃあ、弥次郎《やじろう》のもんだ」

男はそう言ったあとで、伝次郎を見てどこで拾ったと聞いた。

「持ち主は弥次郎というのだな」

「間違いねえよ。おれが預かっといてやるよ」

「それは断る」

男が手を伸ばしてきたので、伝次郎は煙草入れを懐に戻した。

「おい、こんな夜更けにおれをからかうんじゃねえよ。相手が侍だろうが、おれは屁《へ》とも思っちゃいねえんだ」

「さようか。いや引き止めて悪かった。おかげで助かった。では」

伝次郎はそのまま背を向けたが、すぐに声が追いかけてきた。

「野郎、いったい何だってんだ」

「煙草入れを持ち主に返しに行くだけだ」

伝次郎はちらりと振り返って応じると、そのまま歩き去った。背後で男は短く毒づいたが、ただそれだけのことだった。

(卯兵衛を殺したのは弥次郎という男か……)

伝次郎はそのまま来た道を引き返した。馬場通りは閑散としており、居酒屋のあかりも消えていた。満天の星たちがわずかに地上を照らしているだけだ。

風が少し強くなっていた。天水桶に積んである手桶がからんと音を立てて落ち、建て付けの悪くなっている商家の戸が、かたかたと鳴っていた。

摩利支天横町に近づくと、条吉と与茂七が物陰から姿をあらわした。寒風を避けていたようだ。

「わかったか?」

「へえ、この先の長屋住まいです。それから、やつの名は弥次郎です。夜廻りの番人が知っていやした」

条吉が答えるように、番人の打ち鳴らす柝《き》の音が遠ざかっていた。

「それでどうでした？」

「煙草入れは弥次郎の物だ」

「するってぇと卯兵衛を殺したのも……」

「うむ」

伝次郎は暗闇に目を光らせた。

「旦那さん、どうするんです？　これから捕まえに行くんですか？」

与茂七が好奇心の勝った顔を向けてきた。

「与茂七、おまえは帰るのだ。夜道は暗いから気をつけろ」

「そんな。ここまで付き合ったんですよ」

「これは遊びではない。いいから言うとおりにするのだ」

与茂七はむくれたように口をとがらせ、

「帰らなきゃだめですか？」

と、媚《こ》びるような目を向けてくる。

「いいから帰るのだ。相手は人殺しなのだ。さ、行け」

伝次郎が顎をしゃくると、与茂七はあきらめ顔でとぼとぼと歩き、三、四間行ったところで、立ち止まって振り返った。伝次郎は無言で首を振り、帰れというように顎をしゃくる。

それでようやく与茂七はあきらめたらしく、とぼとぼと歩き去った。伝次郎はしばらく与茂七を見送ったあとで、

「粂吉、案内しろ」

と、うながした。

三

弥次郎の長屋は永代寺門前町にあった。大島川に面したところに木戸口があり、路地を入って二軒目の右がそうだった。腰高障子にあかりがあり、弥次郎の影が映っていた。

「夜分に申しわけありません」

粂吉が戸を小さくたたいて声をかけた。

「誰だ」

短い間があって声が返ってきた。

「届け物があるんです」

「届け物だと……なんだい？」

「おわたししますので開けていただけませんか」

ちっと舌打ちが聞こえて、弥次郎が戸口の向こうに立ち、かっていた心張り棒を外して戸を開けた。

「弥次郎だな」

粂吉に代わって伝次郎が問うた。弥次郎は忙しく視線を動かして、伝次郎と粂吉を見る。その目に警戒心が生まれるのがわかった。

「何でぇ、こんな夜中に……」

「これはおぬしの持ち物だな。拾ったので届けに来たのだ」

伝次郎が例の煙草入れを懐から出して見せると、「あっ」と、弥次郎は切れ長の目を見開いて声を漏らした。

「どこでこれを……」

弥次郎は伝次郎を見るなり、煙草入れをつかみ取ろうとした。だが、伝次郎はすぐに引っ込めた。とたん、弥次郎の形相《ぎょうそう》が一変した。

「おぬしの物だな」

「何だ、てめえ」

「どうなのだ？」

「おお、おれのもんだ」

弥次郎は認めた。

「おれは南御番所の沢村という。話を聞きたいので、ついてきてくれるか」

「何だと」

「聞きたいことがある。来るんだ。いやとはいわせぬ」

伝次郎が腕をつかもうとすると、弥次郎はさっと下がって、居間にあった匕首を素速くつかんだ。

「こんな夜更けに騒ぎは起こしたくない。話を聞きたいだけだ」

弥次郎は応じなかった。牙を剝くような顔になり、腰を落として身構えた。

「何を聞きてぇんだ。聞きてぇならここで聞きゃいいだろう」

「落ち着け。手のものを放すんだ。聞きたいのは、昨夜のことだ」

弥次郎は眦をつり上げ、凶悪そうな目を光らせた。

「おとなしくついてきてくれ。それが身のためだ」

「うるせえ!」

弥次郎は怒声を発しながら、匕首で斬りかかってきた。伝次郎はさっと路地に下がり、腰の刀に手をやった。

「逆らうなら容赦せぬ」

「べらぼうめ! おととい来やがれってんだ!」

弥次郎は戸口から飛び出してくるなり、匕首を右から左、左から右へと、伝次郎の顔を切り刻むように動かす。

伝次郎は相手をいなしながら下がる。騒ぎに気づいた住人たちが、つぎつぎと家の戸を開けて顔をのぞかせた。

これ以上の騒ぎを起こしたくない伝次郎は、弥次郎の攻撃をかわしながら表道に出た。

「町方だろうが何だろうが、おれには関わりのねえことだ」

弥次郎はすでに息が上がっていた。はあはあと荒い呼吸をし、肩を上下に動かす。

「卯兵衛は殺される際、相手の体にしがみつき、腰の煙草入れをつかんでいた。つまり、その持ち主が下手人ということだ。弥次郎、もはや言い逃れはできぬぞ」

「うるせー！」

弥次郎は匕首を腰だめにして突っ込んできた。

伝次郎は体をひねりながら、弥次郎の足を払った。そのまま弥次郎は地面に倒れたが、すぐに起き上がった。だが、伝次郎の動きはもっと速く、弥次郎が起き上がったときには背後から腕を首にまわし、片方の手で匕首をつかんでいる手をひねり上げていた。

弥次郎の手から匕首がこぼれ落ちると、粂吉が素速く拾い上げて下がった。

「ここまでだ。さあ、歩け」

「放せ、放しやがれっ！」

弥次郎はもがくように体を動かしたが、もはや逃げることはできない。伝次郎はそのまま永代寺門前町の自身番に、弥次郎を押し入れた。

自身番に詰めていた者たちが、突然のことに驚いたが、伝次郎が名乗ってわけを話すと、すぐに居間を空けてくれた。その間に、粂吉が弥次郎の両手を後ろにまわしてきつく縛りあげた。

「さあ、弥次郎、ゆっくり話を聞かせてもらおうか」

伝次郎は向かい合って座るなり、弥次郎を凝視する。

「井口屋の卯兵衛を殺したのはきさまだな」

「……」

弥次郎は口を引き結んでそっぽを向く。

「卯兵衛はこの煙草入れをしっかりつかんでいた。死んでも放さないという意地だ。そして、卯兵衛を刺した下手人は、そのことに気づかなかった。おそらく気づいたのは、卯兵衛を殺して逃げたあとだろう。弥次郎、きさまはこの煙草入れを、自分の物だと認めたな」

「……」

「いまさら違うと言っても遅いぜ。きさまの仲間も、これはきさまの物だと認めているのだ」

弥次郎は驚いたように目を見開いた。だが、何も言葉を発しない。

「正直に言え。卯兵衛を殺したのは、熊蔵の指図があったからだな」

「……」

「だんまりか。それならそれでもいいさ。きさまが口を開くまで、おれはここで待っていよう。親方、茶をもらえるか」

伝次郎は腰を据える覚悟で、「親方」と呼ばれる書役に言った。

茶を淹れてくれたのは書役でなく、詰めている若い番人だった。

弥次郎から視線をそらさず、ずるっと茶を飲む。冷えた体に熱い茶はありがたかった。

「弥次郎、話したくなったら、いつでもその口を開くんだ。だが、おれも気の長いほうではない。半刻だけ待ってやる。それでもだんまりを決め込むなら、大番屋へ行っての訊問だ。それがどういうことだかわかるな」

弥次郎の目が狼狽《うろた》えたように動いた。大番屋では自白を強要するために拷問をすることがある。悪党はそのことをよく知っているのだ。

しかし、弥次郎は半刻たっても何もしゃべらなかった。

「よし、粂吉、こやつを引っ立てる」

伝次郎は腰を上げた。行き先は大番屋である。

しかし、伝次郎は弥次郎の身柄を大番屋の仮牢に入れると、そのまま何も聞かずに帰路についた。

「旦那、あれでいいんで……」

粂吉が怪訝そうな顔を向けてくる。

「一晩考えれば、あやつも気が変わるだろう。あらためての訊問は明日の朝にする。それにおれたちも疲れている。少し体を休めよう」

「へえ」

「明日の朝、六つ（午前六時）に大番屋へ来てくれ」

四

翌早朝――。

伝次郎は石町の鐘が六つを知らせはじめたときには、もう大番屋に着いていた。粂吉もわずかに遅れて到着した。

「白状しますかね？」

「させるだけだ。待っておれ」

伝次郎は粂吉を大番屋入り口そばに待たせて、仮牢に向かった。小者や中間は詰所前から奥へは入れないからだ。

伝次郎には考えがあった。早くこの一件を片付け、府内藩の元家老である高岡将監を捜さなければならない。

卯兵衛殺しは放っておけないが、どうしても高岡将監のことが頭から離れない。もっと悪いことが起きそうで胸がざわつくのだ。

伝次郎は弥次郎を入れている仮牢前に立った。牢番が横に立ち、開けますかと聞く。伝次郎がうなずくと、牢番が潜り戸の錠前を外した。

横になっていた弥次郎がゆっくり半身を起こし、壁際に下がって背中を預け、足を投げ出した。

「よく眠れたか？」

「……」

弥次郎は黙したままにらんでくる。伝次郎はその前に、ゆっくりしゃがんだ。

「御番所にはやり方があってな。ときに目こぼしをすることもある。きさまも聞いたことがあるだろう」

弥次郎は切れ長の目をわずかだが見開いた。

「素直に白状すれば、きさまの罪は免じられるかもしれぬ。死罪にならずにすむかもしれぬ」

弥次郎は疑わしそうな目をして、首をかしげた。

「もし、きさまが卯兵衛を殺したとしても、それはあくまでもそうなっただけだ。きさまには殺す気はなかった。ただ痛めつけるだけでよかった。だが、卯兵衛は不幸なことに命を落としてしまった」

弥次郎は眉宇をひそめた。

「もし、きさまが誰かの指図を受けて、卯兵衛を刺したのなら、罪一等、いや罪二等は軽くなるやもしれぬ。だが、それもきさまの心がけ次第だ」

伝次郎は弥次郎を凝視しつづける。動揺しているのがわかる。おそらく弥次郎はどう転がったほうが得か、忙しく考えているはずだ。

「これはここだけの話だからよく聞け」

伝次郎は声をひそめた。

「ほんとうのことを言ってくれれば、きさまを逃がしてもいい」

もちろんそんなことはできない。相手を自白に追い込む手段だった。そのほうが拷問にかけなくてすむ。拷問は無駄な労力だ。嘘も方便のほうが手っ取り早い。しかも、相手は人殺しである。

「ほんとうかい？」

弥次郎も声をひそめて言う。伝次郎は暗《あん》にうなずく。

「おれはきさまの身のためを思って言っているのだ。何もかもしゃべってくれぬか」

そのままじっと弥次郎を見つめる。

短く沈黙した弥次郎は視線を彷徨わせたあとで、伝次郎をまっすぐ見た。

「頼まれたんだ。卯兵衛を殺せと」

「誰にだ？」

「熊蔵親分だよ」

伝次郎は口の端に小さな笑みを浮かべ、

「よく言ってくれた」

と言って、ゆっくり立ち上がった。そのまま潜り戸を出て、

「聞こえたか？」

と、牢番に聞いた。

「ちゃんと聞いていました」

伝次郎は、うむとうなずくと、弥次郎を振り返った。

「どうやらきさまの逃げ道はなくなったようだ」

「なんだと！」

「観念することだ」

そのまま伝次郎は仮牢を離れた。弥次郎は罵声《ばせい》を張り上げていた。嘘つき、騙しやがったな、死んでもてめえを恨んでやる、恨み殺してやる！

弥次郎はあらんかぎりの悪態をついていたが、その声も詰所に戻ると聞こえなくなった。上がり框《かまち》に腰掛けていた粂吉がすっくと立ち上がった。

「白状しましたか？」

「あっさりしゃべってくれた」

「やはり、熊蔵の指図だったので……」

「そういうことだ。これから、熊蔵の家に乗り込む」

「旦那とあっし、二人でってことですか？」

条吉があっけにとられた顔をする。

「捕り方を仕立てるほどのことではない。相手はひとりだ」

「でも、あの家には子分たちが……」

「おまえは手出し無用だ。表で待っていればよい。まいるぞ」

大番屋を出た伝次郎は一度空を見上げた。すでに朝日が昇り、空はあかるくなっていたが、吐く息は白く、歩くたびにしゃり、しゃりと霜柱を踏む音がする。

五

鳥たちの声が、朝靄《あさもや》の立ち込めるひんやりした大気のなかに湧いていた。

馬場通りにはまだ人の姿は少ない。頬っ被りをして路地から路地に消える納豆売りや豆腐売りを見かける程度だ。

「おまえはここで待て」

伝次郎は熊蔵の家の前で立ち止まって、粂吉を振り返った。

「大丈夫なんで……」

粂吉がかたい表情で心配する。

「騒ぎになっても慌てるな」

伝次郎はそう言い置いて、木戸口を入って戸口に立った。

戸をたたいて、声をかける。

「頼もう、頼もう」

待つほどもなく若い衆が腰高障子を開けて、顔をのぞかせた。

「南町の沢村と申す。熊蔵に会いたい。取り次いでくれ」

「何ですか、こんな朝っぱらに……」

「大事な話があるのだ。いいから取り次げ」

若い衆は顔をしかめ、舌打ちをして家の奥に戻った。その間に、伝次郎は屋内の様子を観察した。熊蔵もそうだろうが、住み込みの子分たちも寝ているようだ。

(何人いるのだ?)

内心で問うて、家の大きさから考え、五、六人だろうと胸算用《むなざんよう》する。

しばらくしてさっきの若い衆が戻ってきて、客間に使うらしい座敷に通してくれた。家のなかが慌ただしくなったのはそのときだ。二階から下りてくる人の気配があれば、家の奥でひそひそと言葉が交わされる。

廊下を踏む足音、そして隣の部屋に足音を殺して入ってくる人の気配もあった。

「御番所の旦那が、こんな朝っぱらからいったい何の用です？」

さっと横の襖を開けて、熊蔵があらわれたのは、最前の若い衆が火鉢の炭に火を入れて下がってからだった。小太りの体を褞袍《どてら》で包んでいた。

「熊蔵、きさまの悪運がつきたことを教えに来たのさ」

「なに、何の話です。こんな朝っぱらから寝言でも言いに来たんですか」

熊蔵は団子鼻の下にある、ぶ厚い唇をゆがめて小さく笑んだ。もちろん目は笑っていない。

「直截に申す。井口屋の卯兵衛殺しの一件で、きさまを捕まえに来たのだ。支度があるなら、ここで待っている」

「ちょいとお待ち下せえ。あっしには何のことださっぱりわかりませんで……」

伝次郎は目力を強めて熊蔵をにらんだ。

「白《しら》を切っても無駄だ。子分の弥次郎に卯兵衛を殺すよう指図した、その咎だ」

「冗談じゃありませんぜ。あっしはそんな指図などしちゃいませんよ。どこにそんな証拠があるってんです」

「往生際の悪いやつだ。弥次郎がしゃべってくれたんだよ。申し開きならお白洲《しらす》の上で好きなだけすることだ。観念して、おれについてこい」

「冗談じゃありませんぜ。弥次郎の野郎が何を言ったか知りませんが、あっしには寝耳に水。証拠もなく罪人にされちゃかないませんぜ。沢村さんとおっしゃいましたな。物事には筋ってものがある。何の証拠もなく、しょっ引くなんて人の道理じゃありませんよ。え、そうじゃありませんか」

伝次郎はふっと口の端に笑みを浮かべた。

「よくも人の道理などと言えたものだ。近江屋をそそのかして井口屋を潰そうとしたこともわかっている。だが、うまくいかなかった。見せしめのために、因縁のある井口屋の番頭・卯兵衛を殺すように指図したのはきさまだ」

「こりゃあ朝からまいったな。いや、まいった。おりゃあ、悪い夢でも見てるんじゃねえかな」

熊蔵は盆《ぼん》の窪《くぼ》を片手でとんとんとたたいて、にやりと不敵な笑みを浮かべる。

「支度がいらぬなら、このままついてこい。話はそのあとだ」

「沢村の旦那、断るぜ」

熊蔵は急に真顔になって目をぎらつかせた。伝次郎が眉宇をひそめると、さっと隣の襖が開き、二人の浪人があらわれた。用心棒だ。すでに抜き身の刀を提げている。

さらに土間にもうひとり用心棒が立ったばかりでなく、廊下に三人の子分が匕首片手にあらわれた。

その男たちを静かに眺めた伝次郎は、熊蔵をにらみ据えて言った。

「さてはおれを殺して逃げる腹づもりか。たわけたことを……」

伝次郎があきれたように首を振ったとき、熊蔵が声を張った。

「やるんだ！」

その声と同時に、横から用心棒が斬りかかってきた。伝次郎は素速く横に転がって、相手の足を払った。用心棒の体が一瞬、宙に浮き、そのまま畳にどしんと音を立てて転がった。

伝次郎はすでに立ち上がっており、突きを送り込んでくるもうひとりの用心棒の刀を下から撥ね上げると同時に、鳩尾《みぞおち》に鉄拳を見舞った。

用心棒はぐうとうなったまま、その場にうずくまるようにして倒れた。

その間に足を払われて倒れた用心棒が、すくい上げるように斬り込んできた。伝次郎は抜きざまの一刀で撃ち返し、相手の体勢が崩れたのを見て、刀を袈裟懸けに振り下ろした。

すぱっ。

刀をつかんでいた右手の手首が切断され、足許にぼとりと落ちる。手首をなくした用心棒は、悲鳴を上げて片膝をつくと、横に転がってのたうちまわった。

伝次郎はそれにはかまわず、匕首で斬りかかってきた子分の顎を柄頭《つかがしら》で撃ち砕いた。

「ぎゃあ！」

悲鳴は短かった。男は口から血を迸《ほとばし》らせながら障子といっしょに倒れた。

休んでいる暇はなかった。土間にいた用心棒が、いつの間にか背後にまわり込んでいたのだ。気配を察して振り返ったとき、大上段から脳天めがけて振り下ろされる白刃が目に焼きついた。

伝次郎は刀を水平にして、その一撃を受け止めるなり、相手の股間をしたたかに蹴り上げた。

「うぐっ……」

ぐしゃっと奇妙な音もしたので、睾丸《こうがん》を潰したかもしれない。

あっという間に四人の男たちが畳の上でうめいたり、気絶していた。残るは匕首を持った若い子分二人だ。だが、すでに伝次郎に恐れをなし、かかってこられないでいる。

「何をしてやがる。やれ、やるんだ！」

余裕をなくした熊蔵がけしかけるが、子分たちはじりじりと下がるだけだ。

「熊蔵、観念しろ」

「くそっ」

熊蔵は火鉢に刺してあった金火箸をつかみ取って投げてきた。伝次郎がひょいとかわすと、もう一本の金火箸で突いてきた。

伝次郎はその手をさっとつかみ取り、顔面に肘鉄砲を食らわせた。熊蔵の団子鼻が潰れ、勢いよく鼻血が噴きこぼれた。

伝次郎は熊蔵をうつぶせに押さえ込むと、素速く両手を後ろにまわして捕り縄で縛りつけた。

「手間をかけさせるやつだ。さあ、立て」

伝次郎は熊蔵の襟首をつかんで立たせた。ふうと、ひとつ大きく息を吐き、そのまま熊蔵を連れて表に出た。

表はまぶしいほどの光に満ちていた。

「旦那」

粂吉が駆け寄ってきた。

「大番屋にしょっ引く」

「へい」

六

三日後の朝だった。

伝次郎は卯兵衛殺しの一件をすべて片付け、ひと息ついていた。気になっている府内藩元家老、高岡将監らのその後のことは皆目《かいもく》わからずじまいで、動きようがなかった。伝次郎から報告を受けた奉行の筒井政憲も、

——ことが起きる前に何とかしなければならぬのだろうが、さようなことであるなら様子を見るしかなかろう。

そう言ったあとで、すぐに付け足した。

——ただし、気を抜くでないぞ。府内藩松平家のお留守居役を暗殺した者たちは、さらなる暗殺を企てておるやもしれぬ。もし、それがおぬしの調べた元家老らの仕業であれば放っておけることではない。市中での狼藉を許してはならぬ。

伝次郎は筒井の言葉を反芻《はんすう》して、狭い庭で素振りをつづけている与茂七に視線を戻した。剣術を教えてくれと乞《こ》われ、気乗りしないまま手ほどきをしているのだが、思いの外《ほか》だった。与茂七は剣術の覚えがないくせに、筋がよいのだ。

いまも摺り足を使って素振りをしているが、腰が据わり、頭の位置が変わらない。自然にできたことに、内心で感心もし、驚いてもいた。

「旦那さん、まだつづけるのですか」

与茂七が素振りをしながら聞いてくる。すでに汗を噴き出していた。

濡れ縁に座っている伝次郎は、すっかり冷めた茶を口に含んでから、

「まだ千回はやっておらぬ。つづけるのだ」

と、命じた。

「きついなぁ」

与茂七は愚痴をこぼしながらも、「えいっ、えいっ」と、かけ声をあげながら素振りをつづける。

冬の空は高く晴れわたり、鳶《とんび》が優雅に舞っている。庭の隅にある南天の実があかるい日射しのなかで輝いていた。

「お茶を差し替えましょう」

千草が新しい茶を運んできて、そばに座り、微笑ましい顔で与茂七の稽古ぶりを眺める。何やら楽しそうな表情だ。

千草と与茂七はすっかり打ち解け合っている。それというのも、与茂七が意外なほど素直に千草の言いつけを守るからららしい。洗濯に掃除、薪割りに水汲み、そして買い物も率先してやるようになっているという。

その代わりに千草は与茂七に手跡指南をしていた。その教えも与茂七は真面目に覚えているらしい。伝次郎の知らないところで、与茂七はこの家に馴染んでいるのだった。

――仕事を探してもらいたいという思いもありますけれど、与茂七が望むなら一、二年ほどうちで面倒を見てやるのも悪くないと思うのですよ。

千草がそんなことを言ったのも、与茂七を気に入っているからだった。

――あれは、これまで付き合ってきた者たちが悪かったのだろう。おそらく、よい出会いにめぐり会わなかったのだ。

伝次郎が応じると、

――人の運は、出会う相手によって変わりますからね。わたしも、あなたと出会って変わりました。

と千草が言って、どこか遠くを見るような顔をした。

「旦那さん、もう千回はやりました」

与茂七がはあはあと、荒い息をしながら伝次郎と千草を見る。

「ちゃんと数えたか？」

「はい、気合いを入れながら数えていました」

「ならばよい。休め」

伝次郎に言われた与茂七は、その場にくずおれるように両膝と両手を突いて、

「もうへとへとです」

と、顎から汗をしたたらせた。

「与茂七、汗を拭って着替えをしなさい。そのままでは、風邪を引いてしまいます」

千草は思いやりのあることをいう。まるで母親気取りだ。

そんな様子を見る伝次郎は、苦笑いをするしかない。

「さて、昼をすましたら、ちょっと出かけてこよう」

濡れ縁から腰を上げた伝次郎は千草に告げた。

「どちらへ行かれるのです？　旦那さん、邪魔じゃなかったら、おれも連れて行ってください」

まだ荒い呼吸をしている与茂七が濡れ縁に近づいてきて言う。

「ひとりで間に合う。会わなければならない者がいるだけだ」

与茂七は残念そうな顔をして、手拭いで汗を拭きはじめた。

「いつもああなのですよ。あなたの助をしたいといって聞かないのです」

千草が台所に戻りながら言う。

「ならば、軽い用事でも申しつけてやるか」

伝次郎はさりげなく応じて、茶の間に腰を据えた。

昼餉を食べ終えると、そのまま家を出て新川に向かった。行くのは近江屋である。新川の通りは賑やかだった。それも師走のせいかもしれないが、この年最後の積み荷が上方から運ばれてくるからだ。醤油酢問屋はもちろん、酒問屋も米問屋も多忙を極めている。

河岸際に立つ蔵に積み荷が入れられ、また蔵出しの作業も行われている。河岸には無数の舟が停泊しており、その舟は用がすめば沖合に停泊している大型の樽廻船や菱垣《ひがき》廻船に戻っていく。

伝次郎は暖簾をくぐって近江屋に入った。とたん、声が飛んできた。

「これは沢村の旦那様、ちょうどよいところでした」

彦右衛門だった。

「じつは大変なお話があるんでございます。どうぞ、お上がりください」

彦右衛門はせわしなく動いて、伝次郎を座敷に案内した。

七

「まずもって、沢村様にはお礼を申し上げなければなりません。このたびの一件いろいろとありがとうございました。熊蔵親分を捕まえてくださり、そして牢送りにされたと聞いたときには心底胸をなで下ろしました。何しろあの親分には遠回しに脅されていましたから、井口屋の卯兵衛さんが殺されたと聞いたときには、今度はわたしの番ではないかと、よく眠れなかったのです。まことにまことにありがとう存じます」

彦右衛門は早口でまくし立てるように言って頭を深々と下げる。

「それで、亀山藩石川家のことでございますが、あ、これはお茶もお出しせずに……ちょっとお待ちください」

「茶などよいから先を話してくれ」

伝次郎がそう言っても、彦右衛門は台所のほうに声をかけて、茶を持ってくるように言いつけた。

「は、それで石川家のことでございます。用立てた金の一部と利子をご返済いただきましたが、それは高池三太夫様のおかげと言ってもいいぐらいです。しかし、あの高池様はご家老ではなかったという話でございましたね。そして、高池三太夫という方は府内藩松平家にはいらっしゃらなかった。いったいどういうことだろうかと、わたしはそのことを不思議に思っていたのですが、府内藩のご家中は真っ二つに分かれているというのを聞いたのでございます。そして、改易になったご家老様がいらっしゃった。あ、このことは沢村様からお聞きしたのでしたか……いえ、このところいろんな方から同じような話を聞いて、こんがらがっているのでございます」

そこへ女中が茶を運んできた。

「あ、ここへここへ。沢村様には茶請けをお持ちしなさい。そのままでは失礼です」

「いや、茶だけでかまわぬ。それより話をつづけてくれぬか」

伝次郎はうながしてから茶に口をつけた。

「下がっておいで」

彦右衛門は女中に言ってから、言葉をついだ。

「わたしは一度、高池様にお会いするために柳島村にある石川家の抱屋敷へ伺ったことがありました。沢村様もご存じですが、あのときわたしは高池様が石川家のお殿様を、ご老中に推挙するという話を聞いてしまいました。盗み聞きしたわけではなく、聞こえたのですから仕方ありませんよね」

彦右衛門はそれは罪にはならないだろうという目で伝次郎を見て、さらに話をつづける。伝次郎は話の接ぎ穂が切れないように黙って耳を傾ける。

「あのとき高池様は、この店が用立てた金の返済も石川家のお方に迫られましたので、わたしはすっかり高池様を信用したのです。ところが、沢村様からお伺いしたように、高池三太夫という方は府内藩の人でもなければ、旗本でもなかった。それなのに、わたしの店に肩入れをしてくださった。腑に落ちないことではありましたが、ありがたいことでした。しかし、高池様が偽者だということがあとでわかりました。それで、わたしは迷いました。あの抱屋敷での話を、亀山藩のお留守居役とご家老が信じていらっしゃるなら、これはまた大変なことだと考えたのです。しかし、そのことを知らせると、手前どもが用立てた金の返済がまたもや滞るのではないかと、不安になりながらもよくよく考えた末に、石川家のお屋敷を訪ねて、然《しか》るべき方にその旨をお知らせいたしました。あ、ちょっと失礼いたします」

まくし立てるように話す彦右衛門は、茶に口をつけて、短く息を吐いた。

「近江屋、慌てずともよい。ゆっくり話してくれ」

「は、はい。それで、石川家の方にお知らせいたしますと、とんだ赤っ恥を掻くところだったと、大いにありがたがられました」

「そのほうが話した、然るべき方というのはいったい誰なのだ」

「大事な用があるとき当家に見える人です。お屋敷に伺うときも、その方にまずはご用をお訊ねすることになっています。原庄右衛門様とおっしゃる方でございます」

「お使番であろうか？」

「勘定方の人です。それで、原様とその下のお方が何度かこの店にお見えになりました。一昨日と昨日のことでございますが、なんでも府内藩はまとまりのつかない、ややこしいことになっているようだとお話をされます。その詳しいことはお伺いしておりませんが、原様は亀山藩石川家が危ういところで、府内藩の陰謀にかかるところだったとお怒りでした」

「それは、高池三太夫と名乗った男の話にまともに乗っておれば、石川家の殿様が恥を掻くということであろうか」

「さようです。しかし原様は府内藩松平家も無事ではいられなくなる。松平家はおそらく大目付《おおめつけ》様からお目玉を頂戴するだけではなく、将軍様の処断で改易も免《まぬか》れなくなるとのことでした。わたしには大名家や幕府のことはよくわかりませんので、上つ方のなさることは大変なのだなと妙に感心するやら恐ろしくなるやらで……」

彦右衛門はおぞましいものでも見たように、短く首を振って茶に口をつけた。

「話というのはそのことか……」

「いえ、それだけではございません。見たのでございます」

彦右衛門はひょいと顔を上げて、両の眦を下げる。

「見た。何を見たと申す？」

「高池三太夫様です」

「なに？」

伝次郎は目をみはった。

「どこで見たのだ」

「昌平橋のそばです。編笠《あみがさ》を被っておいででしたが、わたしにはすぐにわかりました。それも一度ではありません。昨日も昌平橋の近くで高池様と神木様がごいっしょに歩いておられるのを見たのでございます。わたしは声をかけようかどうしようか迷いましたが、迷っているうちに見失ってしまいました。何せあの方たちには、七十両という大金を騙し取られたようなものです。今度見つけたら返済を迫ろうと思うのですが、そうすればまた厄介なことになりそうな気もいたしまして、弱っていたのでございます」

伝次郎はなぜそれを先に言わないかと、内心で毒づいた。

「昌平橋のそばといえば、松平家のお留守居役が襲われたところであるが、そこに高池三太夫がいるのだな」

「いらっしゃるのかどうかわかりませんが、二度も同じような場所で見ておりますので、おそらくそうではないかと……」

「近江屋、そのことを先に教えてもらいたかった。だが、そうとなればじっとしておれぬ」

伝次郎はすっくと立ち上がった。

「沢村様、どうなさるおつもりで……」

近江屋は両手を突き、身を乗り出すようにして伝次郎を見上げる。

「あの者たちには殺しの疑いがかかっている」

伝次郎はそう答えると、先を急ぐように近江屋を出た。

第七章　昌平橋

一

使いを走らせて粂吉を呼んだ伝次郎は、昌平橋に近い湯島横町《ゆしまよこちょう》の薪炭屋《しんたんや》に見張り場を設け、日のあるうちは隣の茶屋で見張りを開始した。

「ほんとにあらわれますかね」

茶屋の床几に座ったまま粂吉が訊ねる。懐疑的な顔だ。

「二度あることは三度あるという。それに近江屋は昨日もその前の日もこのあたりで、高池三太夫と騙《かた》る高岡将監を見ているのだ」

伝次郎は通りを行き交う人々に注意の目を向けながら答える。行商人や町人が目立つが、侍の姿も少なくはない。

伝次郎は侍を見ると、目を凝《こ》らした。菅笠や編笠を被っている者もいるが、高岡将監と神木孫九郎を名乗る小柳小四郎の背恰好はわかっている。

「それにしても、近江屋はあれこれと調べたものですね」

「あの男は人あたりはよいが、あくまでも商売人だ。高岡将監に恩義はあるものの、七十両を騙し取られたようなもの。近江屋にとって痛手となる金高ではないだろうが、それでも大金だ。近江屋でなくとも、取り返したいと思うのが人情ではないか」

「そうでしょうが、まさか、あの男たちは、近江屋から金を引き出すために一芝居打ったのではないでしょうね」

「それはおれも考えた。しかし、芝居を打つにしては大袈裟過ぎる。石川家のお留守居役と江戸家老を呼び出したのだからな。だが、それには裏がある。おそらく……」

「なんでしょう」

条吉が湯呑みを持ったまま顔を向けてくる。

伝次郎の目は往来に向けられたままだ。

「高岡らは石川家の殿様を老中に推挙するという、おいしい話を持ちかけている。老中は大名にとって大きな出世だ。その話を鵜呑みにした石川家の殿様が軽はずみに動いたとすれば、幕府重役らから白い目で見られ、恥を掻くことになるだろう。そのときになって石川家の殿様は担《かつ》がれたのだと知る。するとどうなる？」

「はあ、どうなるんでしょう」

粂吉は首をひねる。

「おそらく石川家は府内藩松平家を非難し、訴えるだろう。石川家は赤恥をかかされたが、今度は松平家の治政《ちせい》が問われることになる。しかも、江戸留守居役を殺されてもいるから、藩主はその責を負わなければなるまい。悪くすれば、府内藩松平家の改易もあるやもしれぬ」

「そこまで大きなことになるので……」

粂吉は目を大きくする。

「武家の社会とはそういうものだ。まして、大名家の不始末となれば、藩主がその責任を取るのが筋だ」

「そこまで厳しいとは……」

粂吉は感心したように腕を組む。

見張りをつづけるが、高岡将監と小柳小四郎らしき侍を見ることはなかった。

「旦那、高岡将監らはなぜ近江屋から金を巻き上げたんでしょう」

「おそらく軍資金だろう。国許に帰るにしても、江戸に留まるにしても金は必要だ。だが、彼《か》の者たちは江戸にいる。それはまだ何かたくらみがあるからに他ならない」

「また誰かを狙っているということですか？」

「そうでないことを願いたいが、果たして……」

伝次郎は茶に口をつけたあとで、

「粂吉、留守居役殺しを調べているのは、北町のなんといったか？」

「大木鉄三郎《てつさぶろう》さんです」

「捜してくれぬか。会って話をしたい」

「すぐに会えるかどうかわかりませんが……」

「かまわぬ。おれはここで待っている。日が落ちたら隣の薪炭屋に移っている。もし、その間に高岡将監らを見つけたら、居場所を突き止めておく」

「承知しました」

粂吉が去って行くと、伝次郎はゆっくり茶を飲んだ。

府内藩江戸留守居役の森下弾正殺しを調べているのは、北町奉行所の大木鉄三郎である。下手人が、伝次郎が嫌疑をかけている人物と同じなら、筋は通しておかなければならない。

それにしても、目あての高岡将監はあらわれない。近江屋はこのあたりで二度も見ている。それも、二日つづけてである。

高岡らが白壁町の家からどこへ移ったのかそれはわからないが、この近くにいると考えていいはずだ。それとも、もっと遠くに家移りをして、たまたまこの界隈にあらわれたのか——。

高岡らが府内藩に遺恨を抱いているのはわかっている。その狙いが何であるかはっきりしないが、府内藩上屋敷は昌平橋をわたった八ツ小路《やっこうじ》のすぐ先にある。

伝次郎はそっちのほうに目を向けた。一目で勤番侍だとわかる五、六人の男たちが、昌平橋をわたってくるところだった。その一団は伝次郎が腰を据えている茶屋の前を通り過ぎ、明神下のほうへ歩き去った。

日はすでに西にまわり込んでいる。日の暮れまで、あと一刻もないだろう。

伝次郎は往来のなかに侍を見れば目を凝らすが、高岡将監も小柳小四郎の姿も見ることはなかった。白壁町には他に五人の仲間と省助という中間がいたが、その者たちの見分けはつかない。

粂吉が大木鉄三郎とその小者を連れて戻ってきたのは、あたりに夕靄《ゆうもや》が漂いはじめた頃だった。

鉄三郎は伝次郎のことを当然のごとく知っていた。

「沢村さんが南に戻られたというのは、耳にしていました。まさか、ここで会えるとは思いもいたしませんで……」

鉄三郎は太い眉の下にある大きな目で伝次郎を見る。年は四十前後だろうが、伝次郎よりひとつか二つ下のはずだった。

「府内藩留守居役殺しの調べはどこまでついている？」

「それが困ったことにさっぱりでしてね。府内藩の目付に会えば、横槍を入れるなとか邪魔立て無用だとか、厄介払いをされている始末で……」

鉄三郎はまいったというように、頭の後ろをたたきながら顔をしかめる。

「まさか探索を打ち切ったのではあるまい」

「何と言われようと、それなりの調べはやっています。それに、目付も音を上げたのか、あれこれ話すようになりまして……」

「どんなことだ？」

「わかりやすく言えば、松平家が二つに分かれているということです。いまの藩主は前藩主と手を組んでいるようですが、隠居したはずの元藩主の松平長門守様とその一派が実権をにぎっているということです」

それに似た話は、伝次郎もすでに聞いている。

「藩政が乱れているということだろうが、留守居役殺しの下手人に心あたりがある。おそらく外れていないはずだ」

とたん、鉄三郎は目をみはった。

「まことに……」

伝次郎はこれまでの経緯と、自分が調べたことをかいつまんで話してやった。その間、鉄三郎は伝次郎の顔を食い入るように見ていた。

「では、そやつらは近江屋をうまく利用して金を稼ぎ、つぎなる目途を果たそうとしていると、そうお考えで……」

「そうだ」

「だとすれば、江戸家老の中村采女《なかむらうねめ》様かもしれません」

伝次郎が眉字をひそめると、鉄三郎はつづけた。

「先に殺された留守居役の森下弾正様と中村様は、大きな力を持っている松平長門守近儔様の一派で、江戸においては現藩主一派を抑えているということです」

「おれの言う高岡将監という人物は、その長門守様によって改易にされている。これまでのことを考え合わせると、次なる狙いは中村采女という江戸家老かもしれぬ」

「藩邸内でのことなら出る幕はありませんが、もし市中での刃傷沙汰《にんじようざた》なら見過ごせません」

「さよう。それに、高岡らは藩士ではない。浪人身分である」

「沢村さん」

鉄三郎が目に力を入れて見てくる。

「市中での狼藉は取り締まらなければならぬ」

伝次郎は鉄三郎を仲間に入れて見張りをつづけたが、結局その日、高岡らを見つけることはできなかった。

二

翌朝早く、伝次郎は亀島橋の袂に置いている自分の猪牙舟に乗った。ここ数日舟の手入れをしていなかったので、舟底の淦《あか》を掬い出しているうちに、今日は昌平橋まで舟で行こうと思い立った。

粂吉と鉄三郎には、昨日見張りをしていた薪炭屋のそばで会うことになっている。

「行くか」

独り言を言って棹をつかみ、岸壁を押す。舳が向きを変えると、そのまま川底に棹を突き入れて猪牙舟を滑らせた。

時刻は朝日がようやく空に広がりはじめる六つ半前だった。

亀島川を抜けたところが日本橋川だ。魚河岸に向かう漁師舟がぞくぞくと、江戸湊方面から上ってくる。伝次郎はそれらの舟を器用に避けて直進し、大川に出た。

水量がいきなり豊かになる。小さくうねる波が朝日をてらてらと照り返している。そこから先は、流れに逆らうので櫓を使う。

川風は肌を刺すように冷たいが、櫓を漕ぎつづけているうちに体が暖まってくる。水面には川霧が低く這《は》っているが、日が高くなるにつれ消えていく。

新大橋を抜け、大川端沿いを上り、両国橋をくぐり抜けたときには、あたりはすっかりあかるくなっていた。

それまで見られなかった舟も動き出している。主に運搬に使われるひらた舟である。神田川にさしかかったときに、上流から材木船と帆を下ろした高瀬舟《たかせぶね》が下ってきた。

伝次郎はそのまま神田川に入る。河岸場にある舟着場には猪牙舟や屋形船、そして屋根船などが繋がれていた。

神田川に入ると川の匂いを感じた。久しぶりに嗅ぎ取る川の匂いである。大川は水深があるせいか、さほど匂いを感じることはないが、神田川のように内陸を流れる川には独特の匂いがあった。

神田川を上った伝次郎は、昌平橋の先にある河岸地に猪牙舟を舫って河岸道に上がった。

道具箱を担いだ大工や左官、あるいは天秤棒を担いだ棒手振《ぼてふ》りの姿が見られた。商家は大戸を開けたり、暖簾を掛けたりしている。

昨日、見張り場に使った薪炭屋の隣にある茶屋は支度中だったが、伝次郎を快く迎えてくれ、小女が湯気の立つ茶を運んできた。

伝次郎はそのまま見張りを開始し、鉄三郎たちを待つ。通りには徐々に人の姿が増え、神田川の河岸場に足を運ぶ船頭や人足たちがいる。町の女たちが姿を見せれば、子供たちも通りにあらわれた。

鉄三郎と小者の和助《わすけ》がやってきたのは、五つ（午前八時）前だった。少し遅れて条吉もやってきた。

「沢村さん、分かれて見張りませんか。ひと所にいるよりいいはずです。しかし、わたしは高岡将監もその仲間の顔も知りません」

「懸念は不要だ。条吉が知っているので、連れて行くがよい。和助、おまえはおれについていてくれ」

鉄三郎の小者・和助は「へえ」と、返事をして頭を下げる。

「それで、どこで見張る？」

「神田川からこっちは沢村さんにおまかせしますので、わたしは八ツ小路で見張ろうと思います」

「よかろう」

伝次郎が応じると、鉄三郎は粂吉を連れて昌平橋をわたっていった。

日は徐々に高くなり、通りを歩く人もそれに合わせるように増えていった。しかし、肝心の高岡将監も小柳小四郎もあらわれない。

暇を持て余しているので、和助にあれこれと訊ねてみた。伝次郎が初めて見る顔だと思っていたら、鉄三郎の小者になって二年ほどだと言う。元は掏摸《すり》をやっていて、鉄三郎に捕まり、目こぼしを受けているのだった。

「廻り方同心の配下には、おまえと同じような男が少なくない。羽目を外さぬように務めることだ」

「へえ。それで沢村の旦那は、一度御番所をやめて戻ってこられたと聞いたんですが、そんなことがあるんですか？」

和助はどんぐり眼《まなこ》を向けてくる。

「話せば長い。縁があるなら、追々話してやるさ」

伝次郎はさらりとかわした。鉄三郎の小者とはいえ、よく知らない男から過去を穿鑿されるのは好きではない。

あっという間に午《ひる》になった。和助と交代で腹拵えをして見張りをつづけるが、さっぱりである。粂吉が見つけていれば知らせにやってくるはずだが、その様子もない。

八つ（午後二時）頃から、空に雲が増えて、日が出たり曇ったりを繰り返した。

そのうち、筋雲が傾いた日の光を受け紅に染められていった。

（今日もだめか）

伝次郎は内心でつぶやく。

粂吉が昌平橋を駆けわたってきたのは、それから間もなくのことだった。そばに来るなり、目を輝かせて、

「旦那、見つけました。いま、大木の旦那が尾けています」

と、興奮した顔で言った。

「高岡将監か？」

「小柳小四郎ともうひとりいます」

伝次郎は目を光らせた。

「大木の旦那はここで待っていてくれと言っています」

「よし、待とう」

伝次郎は我知らず丹田《たんでん》に力を入れていた。鉄三郎は定町廻り同心になって二年ほどだから、探索方としての経験は浅いが、それ以前は下馬《げば》廻り同心だったから、しくじることはないはずだ。

下馬廻りとは、諸国の大名が登城する際、大手門周辺が混み合い、ときに喧嘩沙汰や小さな諍《いさか》いが起きることがある。その取締りと警備をする掛《かかり》だった。それだけに腕っ節があり、仲裁のため弁の立つ者があてられていた。

日が翳ったかと思うと、あっという間に夕靄が立ち込めてき、あたりが薄暗くなった。通りには家路を急ぐ職人たちの姿が目立つようになり、商家は店仕舞いの支度にかかっていた。

すっかり日が暮れると、昌平橋をわたる人の影が黒くなり、提灯を点して歩く人の数が増えていった。

「旦那が来ます」

和助が東のほうを見て言った。伝次郎もそっちを見る。鉄三郎が火除広道を急ぎ足でやってきた。

「居場所を突き止めました」

「よし、案内してくれ」

伝次郎は膝をたたいて、床几から立ち上がった。

三

鉄三郎が尾けたのは、神木孫九郎と名乗っていた小柳小四郎と、名前のわかっていない侍だった。

二人は八ツ小路にあらわれると、豊後府内藩上屋敷の前に行き、短く立ち止まった後、佐柄木町《さえきちょう》を抜けて通町を横切り、横大工町《よこだいくちょう》代地の一軒家に入ったという。

「家の様子はどうだ」

伝次郎は和泉橋《いずみ》をわたりながら聞く。

「まだそこまでは、たしかめておりません」

伝次郎は、ならばこれからたしかめるだけだと言って歩く。すでに夜の帳《とばり》は下りており、居酒屋や料理屋のあかりが目立つようになっていた。

「この家です」

先を歩いていた鉄三郎が立ち止まってみんなを振り返った。

三十坪ほどの町家の一軒家だった。垣根も塀もなく、両側は戸締まりをしている商家である。

伝次郎は思案をめぐらした。ここで乗り込むのは軽率《けいそつ》である。相手は府内藩の江戸留守居役を殺し、さらに江戸家老の命を狙っているかもしれない。それなりの覚悟があるはずだ。

「みんな、様子を見るが、家のまわりに散って屋内に聞き耳を立てろ。壁も板も薄い。話し声は聞こえるはずだ。小半刻後、そこの道に集まれ」

伝次郎が示すのは柳原《やなぎわら》土手下の道である。高岡将監らのいる家は、その道のすぐそばだった。

伝次郎は足を進めると、戸口のそばに身をひそめた。鉄三郎が足音と気配を消して、人ひとりがやっと通れる猫道に入る。粂吉と和助は家の裏にまわった。

伝次郎は暗がりに身をひそめて耳を澄ました。屋内で人の動きがある。畳をする音、板の間を歩く音、そして台所のほうからも物音が聞こえる。竈《かまど》に火をくべてあるらしく、窓から煙が流れて来た。

(何人いるのだ)

これまでの調べでは省助という中間を入れて八人のはずである。しかし、仲間を増やしているかもしれない。

ここで高岡将監らを押さえる方策はひとつある。それは近江屋から巻き上げた七十両だ。偽名を使っての詐取《さしゅ》と解釈してもよい。すなわち、立派な犯罪である。

(それを盾にするか……)

そう考えるが、全員を押さえることはできないし、逃げ口上を考えているかもしれない。相手は府内藩の元家老、かなりの知恵者のはずだ。

どうするかと考えながら、屋内の話し声を聞き取ろうとするが、みんなが集まっている部屋は戸口から離れているらしく、はっきりした声を拾うことはできなかった。

しばらくしたとき、表からこの家に近づいてくる者がいた。伝次郎は暗がりにしゃがんで様子を見た。やはり男は戸口に近づいてくる。片手に提灯、片手に大きな籠。ものを入れた風呂敷を背負ってもいる。

「省助です。帰ってまいりました」

中間だ。戸をたたいて声をかけると、心張り棒が外されて戸が開いた。ひとりの男に入れとうながされ、省助は家のなかに消えた。

話し声がさっきより大きくなったが、やはり伝次郎の耳には届かない。水を汲む音や茶碗の音が聞こえる。

伝次郎は星のまたたく空を見上げた。どうしようかと迷う。しかし、仲間が屋内の話を聞いていれば、それを聞きたい。

小半刻ほどたったと判断した伝次郎は、柳原土手下の道に出た。しばらくして和助がやってきて、遅れて条吉と鉄三郎も来た。

「旦那、あいつら今夜誰かを襲うようですよ。家老がどうの、藩がどうのと話していました」

条吉が先に報告すれば、

「狙っているのは、府内藩江戸家老の中村采女様です。六代藩主・松平長門守様の一派です。それははっきりしました」

鉄三郎が言う。

「明神下で襲うような話をしていました」

和助だった。

「その刻限は？」

伝次郎は和助を見て聞く。

「そこまではわかりませんで……」

「あの者たちは切腹覚悟です」

粂吉が言う。

「高岡将監は長門守様に対抗している一派。現藩主の信濃守様に与《くみ》したせいで、長門守近儔《ちかとも》様の一派から改易に処された人物です。その遺恨を晴らそうという魂胆なのでしょう。いかがします？　あやつらがあの家を出るのを待ちますか？」

鉄三郎が緊張した顔を向けてくる。

伝次郎は短く思案して口を開いた。

「高岡将監らが遺恨を晴らそうとするのはわかる。しかし、亀山藩を利用して、府内藩を陥《おとしい》れようとした節がある。亀山藩藩主の石川日向守様を老中に推挙するというでたらめ話だ」

「藩の転覆《てんぷく》を狙っているのですよ」

鉄三郎があっさり答える。

「なぜ、そんなことを？　高岡らは長門守近儔様の一派を滅ぼせばよいことではないか。いまの藩主に恨みはないはずだ」

「それはわかりません。しかし、もし今夜、江戸家老が暗殺されれば、府内藩藩主は藩政を問われるはずです。そうなると信用が失墜《しっつい》するだけでなく、改易もあるやもしれません」

たしかに鉄三郎の言うとおりだろう。

「江戸家老の襲撃はやめさせなければなりません。いかがします」

鉄三郎は迫るように体を寄せてくる。

「捕り方を揃えますか」

「もうその暇はない」

「では、どうします？」

鉄三郎がさらに伝次郎に詰め寄ったとき、粂吉が「あっ」と小さな声を漏らした。

伝次郎が粂吉を見ると、

「あの家を出て行きます」

と、高岡将監らの家のほうを指さした。

すでに三人の姿が消え、それにつづいて四人の男が通りにあらわれた。全員、武家屋敷の角を曲がり、すぐに見えなくなった。

「どうします？」

伝次郎はすぐに追おうと言って足を速めた。だが、高岡らが曲がった武家屋敷の角地まで来て立ち止まった。姿が消えていたのだ。

「いない」

鉄三郎がつぶやきを漏らして、気づかれたのかもしれないと言葉を足す。

「そんなはずはない。こうなったら明神下で待とう」

「ならば、昌平橋の北詰で待ち伏せるのがいいはずです」

鉄三郎の言葉を受けた伝次郎は、そうだなと言うようにうなずいた。

四

石町の鐘が六つを鳴らして、しばらくしたときだった。

昌平橋の北詰で高岡らを待っていた伝次郎は、八ツ小路から橋に近づいてくる七人の黒い影を見た。提灯は持っていない。

（あれか）

伝次郎が胸中でつぶやくと、

「沢村さん、来ましたよ」

と、鉄三郎が緊迫した声を漏らした。

伝次郎は眉間にしわを彫り、双眸《そうぼう》を厳しくした。

「粂吉、和助。おまえたちは何があっても狼狽《うろた》えるな。下がって控えておれ」

伝次郎は粂吉と和助が離れていくのをたしかめると、昌平橋に近づき、そのまま仁王立ちになった。隣に鉄三郎が並ぶ。二人は携行用の小田原提灯を提げていた。

「油断するな」

「心得ております」

鉄三郎が殊勝に答える。肝の据わった男だと、伝次郎は感心する。だが、これから先の展開はまったく予測がつかなかった。相手は死を賭して、中村采女という府内藩江戸家老の命を狙っているのだ。

橋をわたりはじめた七人が伝次郎と鉄三郎に気づき、歩みを緩めた。それでも近づいてくる。

先頭に立つのは高岡将監だ。襟巻きで顔の半分を隠しているが、伝次郎にはわかった。少し後ろに小柳小四郎がいる。

伝次郎は高岡将監が近づいてくると、手にしている提灯を高く掲げた。

「何やつ？」

将監が立ち止まって聞いた。太い眉を眉間に寄せている。

「高池三太夫だな」

伝次郎は将監の偽名を口にした。将監が小さく首をかしげ、訝《いぶか》しむように見てくる。

「拙者は南御番所の沢村伝次郎と申す」

「同じく、北御番所の同心・大木鉄三郎」

「町奉行所の役人が何用か」

「高池三太夫こと高岡将監殿、この先に行くことは許さぬ」

伝次郎の言葉を受けた将監の目が、くわっと見開かれた。

「貴殿は豊後府内藩の家老を騙り、新川の近江屋から七十両を騙し取った。よって御番所にて調べを受けなければならぬ。神木孫九郎と名乗った小柳小四郎殿も同じである。おとなしくついてきてもらいたい」

「断る。身共《みども》らにそんな暇はないし、騙し取った覚えもない」

「ほう、近江屋から訴えがあるのだがな。御番所の者としては放ってはおけぬのだ。申し開きはあとで聞く」

近江屋はまだ訴えを出していないが、伝次郎はそう言った。

「近寄るでないっ！」

将監が一喝《いっかつ》した。その背後にいる仲間たちが、一瞬にして気色《けしき》ばむのがわかった。

「身共らには大事な用がある。そこをどいてもらおう」

「大事な用とは、なんでござろうか。まさか府内藩の江戸家老・中村采女殿を襲うつもりか」

「なに……」

将監は口を曲げてにらんでくる。

「調べはついているのだ。お留守居役の森下弾正殿を殺したのも貴殿らの仕業であろう。察しはついているのだ。もはや逃げることはできぬ。ここは江戸の町、さらに貴殿らは府内藩松平家を追われた浪人。江戸町奉行所の掟に従ってもらう」

「断るっ!」

語気荒く言ったのは、小柳小四郎だった。すでに腰の刀に手をかけている。

「ここは将軍家のお膝許である。乱暴狼藉は許されぬ。貴殿らの魂胆《こんたん》はすでにわかっておるのだ。改易に処せられた、その遺恨晴らしであろう。だが、それは許されることではない」

「黙れっ。きさまに何がわかる。そこをどいてもらおう」

「府内藩松平家は二つに分かれている。藩主・信濃守近信様の一派と、元藩主の長門守近儔様の一派だ。貴殿はその近儔様の一派に追い落とされ、改易に処せられた。その恨みを晴らすつもりだろうが、それはならぬこと。もし、さようなことを行えば、府内藩そのものが転覆するのではないか」

鉄三郎だった。

「知ったふうなことを。きさまらに何がわかる。もはや府内藩松平家は腐りきっている。諸悪の根源は長門守近儔殿にあるが、藩主の信濃守様ではどうにも処しきれぬ。ならばいっそのこと藩を潰したほうが、国のためである。身共らはその大義に従って動いているのだ。近江屋から訴えが出ていると申したが、それについてはあとで話に応じる。いまはそのほうらに従うつもりは毛頭ない。そこを空けてもらおう」

「ならぬ！」

伝次郎は眦をつり上げて怒鳴った。将監らはすでに中村采女の居場所を知っているのだろう。そして、そこに乗り込むつもりなのだ。

「ならば、力ずくで通るまで……」

将監の背後に控えていた侍たちが一斉に刀を抜いた。瞬間、伝次郎は手にしていた提灯を将監めがけて投げた。

五

将監の背後に控えていた男たちが、抜き身の刀を振り上げて一斉に猛進してきた。

伝次郎と鉄三郎はその勢いに押されるように下がった。

「大木殿、無用に斬ってはならぬ！」

伝次郎は鉄三郎に忠告を与えるなり、突進してきた男の刀を撥ね上げると同時に、太股に一撃を与えた。

「うっ」

短いうめきを漏らして相手はうずくまった。

さらに横から斬りかかってくる者がいた。伝次郎は下がってかわすと、右八相に構えて対峙《たいじ》した。背後で鉄三郎が応戦しているが、助に行く余裕はない。

正面に立った男は、摺り足を使って詰めてくる。伝次郎は右にまわる。相手の足が地を蹴って面を狙って斬り込んできた。伝次郎は横に払うと同時に、刀の棟《むね》を返して相手の肩を撃ちにいったが、紙一重のところでかわされた。

転瞬、相手の刀が素速く伸びてきた。伝次郎は下がってかわし、間合いを取る。半身になって、刀を相手に見えないように背中にまわす。

相手は詰めてくる。伝次郎は一足一刀の間合いを計る。相手が小手を撃ち込んできた。伝次郎はその攻撃を外すと、相手の片腕を斬り落とすように刀を振った。これは牽制《けんせい》である。案《あん》の定《じよう》、相手は慌てて下がった。しかし、伝次郎のつぎの突きをもろに肩口に受けた。

伝次郎は一刀流の極意、「切落《きりお》とし突き」を使ったのだ。

肩口を突かれた男はうめきながらよろめき、その場にうずくまった。しかし、伝次郎に休んでいる暇はなかった。つぎなる敵がすぐ目の前にあらわれたのだ。しかも、二人がかりである。

伝次郎は相手の動きを警戒して下がる。すでに呼吸が乱れ、背中や脇の下に汗をかいていた。額に浮かんだ汗も、頬をつたって流れ落ちている。

二人の敵は徐々に間合いを詰めてくる。右の男が斬り込んできた。伝次郎はその一撃を払い落とそうとしたが、なんと相手の刀が回転するように絡みついて、はじき飛ばされた。

いる。
思わぬことに驚きの声を漏らすと、もうひとりの敵が鋭く斬り込んできた。伝次郎は脇差を抜いたが、それでは間に合わない。自分の大刀は三間先の地面に落ちている。

伝次郎は道場の隅に押しやられるように下がるしかない。そこは昌平河岸のすぐそばであった。

伝次郎の刀をはじき飛ばした男が、斬りかかってきた。伝次郎は間合いを外して下がると、目の端で自分の猪牙舟をたしかめた。

「とおっ！」

右から斬り込まれた。伝次郎は飛びしさってかわすと、地を蹴って自分の猪牙舟に乗り込んだ。勢いで舟はぐらぐら揺れたが、棹をつかむなり、また舟板を蹴って河岸道に躍り上がった。

手には棹がある。相手は見くびっているのか、かまわずに斬りかかってくる。伝次郎はすっと腰を落とすと、地を払うように棹を動かして、相手の臑《すね》を思い切りたたいた。弁慶の泣きどころにみごと命中したらしく、相手は短い悲鳴を発して横に倒れた。その鳩尾に、伝次郎は棹をたたき込む。

相手はそのまま気を失って仰向けに伸びてしまった。間髪《かんはつ》を容《い》れずにもうひとりが斬り込んできた。伝次郎は棹を両側に広げるように腕を動かした。仕込み棹の一方があらわれ、それで相手の刀を擦り上げた。

相手は驚いたように目を剝いて下がると、青眼《せいがん》の構えになった。伝次郎は仕込み棹を槍のように構える。剣尖《けんせん》を相手の喉に向けている。

相手が間合いを詰めてきた。伝次郎はその場を動かずに仕掛けてくるのを待つ。攻撃の瞬間には、どんな上位者でも隙ができる。それを狙っていた。

相手の刀が頭上に上がって、そのまま袈裟《けさ》懸《が》けに振られた。刹那《せつな》、伝次郎は相手の太股を突こうとしたが、すぱっと棹が切断されて刃のついた棹が宙を舞って地面に落ちた。

伝次郎はもはや武器と言えない棹を、相手に投げると、地を蹴って前方に飛び、地面に落ちていた自分の大刀を片膝立ちでつかんだ。

そこへ黒い影となった相手の体が覆い被さるように立った。刀を振り上げ、唐竹《からたけ》割りに落とそうとしている。

伝次郎はとっさにつかんだ自分の刀で相手の横腹を薙《な》いだ。

わずか一瞬の差の出来事だったが、横腹を斬られた男の体がぐらつき、そのまま数歩よろけて倒れた。斬り捨ててしまったが、仕方ないことだった。

　昌平橋に目を向けると、鉄三郎が小柳小四郎と火花を散らしながら剣を交えていた。高岡将監が隙を窺いながら、鉄三郎を斬ろうとしている。

伝次郎は脱兎《だっと》の勢いで駆けると、将監の後ろ首を柄頭《つかがしら》でしたたかにたたいた。

うっ、とうめいたまま、将監はその場にくずおれる。

それを目の端で見た小柳小四郎に一瞬の隙ができ、鉄三郎が片腕を斬りつけた。

「うわっ」

斬られた小柳は刀を手から落とし、片膝をついて拾おうとしたが、首筋に鉄三郎の刀をぴたりとあてられて動けなくなった。

「そこまでだ」

伝次郎はそう言うと、乱れた呼吸を整えるように大きく肩で息をした。

まわりには六人の男たちが倒れたり、うずくまっていたりした。乱闘はそれで収束し、粂吉と和助が駆け寄ってくると、

「粂吉、和助。高岡将監とその男に猿ぐつわを嚙ませるのだ」

と、命じた。

舌を嚙み切られてはかなわない。高岡将監と小柳小四郎に猿ぐつわを嚙ませ、後ろ手に縛りつけると、近くの自身番に押し込んだ。

将監の仲間はひとりだけ死亡していたが、残りの者は傷を負ったり、気を失ったりしているだけだった。いずれの者にも縄を打ち、湯島横町の自身番前に集めた。

「沢村さん、この者たちをどこへ連れて行きますか。大番屋でよいでしょうか」

鉄三郎が聞いてくる。

「待て、府内藩松平家に預けよう。御番所に預けると面倒だ。相手は浪人とはいえ、大名家の元家臣だ。処断は松平家にまかせよう」

伝次郎はそれでいいと考えていたし、間違いではなかった。

粂吉が松平家上屋敷へ知らせに走って、目付と藩士を連れてきたのはすぐのことだった。

伝次郎はことの経緯を簡略に話して、指揮を執る藩目付に身柄をわたした。

「この礼あらためていたしまするが、今夜はこのままお引き取りいただけまするか」

目付はそう言って頭を下げた。

「よきにお取りはからいを……」

伝次郎はそう言葉を返した。高岡将監らを頭ごなしに「悪」とは言えない。その境遇には、わずかながら同情の余地があるからだった。

全員が引っ立てられていくと、ざわついていた昌平橋周辺がにわかに静かになった。

「では、おれたちも引き上げだ」

伝次郎は鉄三郎たちを見て言った。

六

年も押し迫った午後のことだった。

その前の晩に餅をつこうという話になり、与茂七が近所から臼《うす》と杵《きね》を借りてくると、千草は糯米《もちごめ》を一晩水につけて支度をしていた。

そして、その朝糯米を蒸すと、早速餅つきにかかった。最初は伝次郎が杵を持ってつきにかかり、千草が手を水に浸してまだ湯気の出ている糯米をひっくり返していた。

それを見ていた与茂七がじれたように、

「旦那さん、おれにもやらせてくださいよ」

と言うので、伝次郎は代わってやった。

「それ、しっかりつくのよ」

千草が臼のなかの餅をひっくり返して言う。

「言われずとも、それっ！」

与茂七が杵を振り下ろす。ぺたんという音がして、杵を上げると、千草が素早く臼のなかの餅をひっくり返す。

「わたしの手を打たないでよ」

「そんなへなちょこではありませんよ。それっ」

与茂七が杵を振り下ろすと、千草が素速く餅を返して手を引っ込めて「はい」と言う。

それっ、ぺたん、はい、それっ、ぺたん、はい……。

だんだん二人の息が合ってきて、動きがよくなった。

伝次郎はその様子を濡れ縁に座って眺めていたが、よく晴れた空を見上げた。もう大晦日までいくらもない。

ここ数日好天がつづいており、昼間の寒さがやわらいでいた。

高岡将監らを捕縛し、豊後府内藩に引きわたしたのは、正しい判断だった。あの翌日、ことの仔細《しさい》を奉行の筒井和泉守政憲に報告した。

——よき計らいであった。さすが沢村、そなたにまかせて、この和泉守、大いに満足である。

筒井は目を細め、伝次郎の労をねぎらってくれた。

それはそれでよいのだが、伝次郎は高岡将監らがどのような処遇になったのか気になっていた。

もちろん、江戸留守居役の森下弾正を暗殺した咎めは受けなければならぬだろうが、その罪を被るのは将監と小柳小四郎に留まっているかもしれない。

伝次郎としてはそうであってほしかった。他の者は将監に扇動《せんどう》されていた、あるいは深い感化を受けていたとしても、刑が減じられていることを願った。

しかし、現実は厳しかった。二日前、伝次郎は大木鉄三郎から話を聞いたのだった。

高岡将監と小柳小四郎は切腹、他の五名は藩主・信濃守近信側近らの強い嘆願があり、追放となっていた。

結果はともあれ、あの者たちは深い熱情を持って国の先行きを案じていたはずだ。ならば此度の一件が、府内藩の将来に、よき変革をもたらすかもしれない。伝次郎はそうなることを祈るばかりである。


「旦那さん、なにぼうっとしてんです。水を持ってきてくださいな」

伝次郎は与茂七の声で我に返った。

「水か。ああ、わかった」

伝次郎が井戸端で水を汲んで戻ると、

「旦那さん、代わりましょう。おれが餅を返します。おかみさんは、お疲れでしょうから少し休んでください。何だ、顔が汗びっしょりじゃないですか」

与茂七はその場を取り仕切っている。

千草は与茂七の快活さに、ひょいと首をすくめ、被っていた手拭いを剝いで汗を拭った。

伝次郎が杵《きね》を持つと、

「では旦那さん、つづけましょう。さあ、杵を振って」

と、与茂七が指図する。

「はいはい、わかった。ではまいるぞ」

「はいは、一回で結構です」

伝次郎はこれはしてやられたという顔をして、杵を振り下ろした。千草が口を押さえて笑っている。

伝次郎が杵を上げると、与茂七が素速く餅を返す。

「それっ」「はい」というかけ声の間に、「ぺたん」と、杵が餅をたたく音が挟まる。

伝次郎と与茂七は呼吸が合ってくると、作業を早めた。

「来年は、またいい餅が食えますね。ああ、待ち遠しいなー」

与茂七が軽口をたたく。

伝次郎は額に汗を浮かべて餅つきに専念しながら、厄介者をひとり抱えてしまったが、どうにかいい正月を迎えられそうだと内心で安堵していた。

ぺったん、ぺったん、ぺったん……。

餅をつく音が耳に心地よかった。

光文社文庫

文庫書下ろし／長編時代小説

七《しち》人《にん》の刺《し》客《かく》　隠《おん》密《みつ》船《せん》頭《どう》（二）

著者　稲《いな》葉《ば》　稔《みのる》

2019年5月20日　初版1刷発行

発行者　鈴木広和
印刷　新藤慶昌堂
製本　ナショナル製本

発行所　株式会社　光文社
〒112-8011　東京都文京区音羽1-16-6
電話（03）5395-8149　編集部
8116　書籍販売部
8125　業務部

ISBN978-4-334-77854-5　Printed in Japan

組版　萩原印刷